라인강에서 띄우는 위로편지

국립중앙도서관 출판예정도서목록(CIP)

라인강에서 띄우는 위로편지 : 유한나 수필집 / 지은이: 유
한나. — 서울 : 선우미디어, 2015
    p. ;   cm

ISBN 978-89-5658-403-4 03810 : ₩12000

한국 현대 수필[韓國現代隨筆]

814.7-KDC6
895.745-DDC23   CIP2015018689

라인강에서 띄우는 위로편지

1판 1쇄 발행 | 2015년 7월 15일

지은이 | 유한나
발행인 | 이선우
펴낸곳 | 도서출판 선우미디어
        등록 | 1997. 8. 7 제305-2014-000020
        130-100 서울시 동대문구 장한로12길 40, 101동 203호
        ☎ 2272-3351, 3352 팩스: 2272-5540
        sunwoome@hanmail.net
        Printed in Korea ⓒ 2015. 유한나

값 12,000원

ISBN 978-89-5658-403-4 03810

라인강에서 띄우는

위로편지

| 유한나 수필집 |

선우미디어

라인강에서 작은 위로의 편지를 띄우며

2년 전, 두 번째 수필집 ≪라인강에서 띄우는 희망편지≫를 발간하였을 때 주위의 몇몇 분들이 다음 수필집 제목은 ≪라인강에서 띄우는 사랑편지≫ 혹은 ≪라인강에서 띄우는 비전편지≫ 등이 어떻겠는가 하며 미리 세 번째 수필집에 대해 관심을 보여주셨습니다.

이는 첫 수필집, 두 번째 수필집 제목과 이어지는 이번의 세 번째 책도 ≪라인강에서 띄우는 ○○편지≫가 자연스럽게 떠오르기에 하신 말씀일 것입니다. 그런데 제게 아직 '사랑편지'나 '비전편지'는 거창한 제목처럼 생각되었습니다.

이런저런 책 제목을 찾던 중, 세상이라는 험난한 광야에서 인생이라는 장거리 경주를 달리는 우리에게 필요한 것이 '위로'라는 생각이 들었습니다. '위로'라는 말은 사전적인 의미로 '따뜻한 말이나 행동으로 괴로움을 덜어 주거나 슬픔을 달래 줌'입니다. 괴로움과 슬픔은 인생의 장거리 경주를 할 때 누구나 겪게 되는 고난과 시련의 장애물입니다. 이러한 장애물 앞에 꺾여 쓰러지더라도 다시 일어날 힘과 용기를 얻어 중간에 포기하거나 좌절하지 않고 일어나 계속 목표를 향하여 달리게 만드는 힘이 '위로'라고 생각합니다.

죽음이나 이별을 통해 사랑하는 사람과 헤어지는 고통과 아픔, 신뢰하던 사람으로부터 배신당할 때 받는 마음의 깊은 상처와 배신감, 가정의 불행이나 파탄에서 오는 상실감이나 분노, 직장이나 소속 단체 등 조직 사회에서 상처와 시기, 모함 등 억울한 일이나 부당한 대우를 받을 때, 불명예나 모멸감을 당할 때 사람들은 인생의 장거리 경주를 할 힘이나 용기를 잃기 쉽습니다.

무엇보다 자신의 재능이나 능력 부족에 대한 열등감, 처해진 상황이나 인간관계에서 오는 운명적인 체념, 절망감, 그리고 나보다 월등한 사람들에 대한 비교 의식 등은 자신감을 잃게 만들고 절망 속에서 헤어 나오지 못하게 만들곤 합니다. 이러한 크고 작은 장애물에 걸려 인생의 경주 중간에 넘어지거나 쓰러진 자들에게는 그들 가까이 달리던 가족들, 친구들, 이웃들의 위로가 절대적으로 필요합니다. 누군가 한 사람이라도 그들 곁에 참된 위로자가 있다면 그 사람은 다시 일어나 달릴 용기를 얻으리라 생각합니다.

이 책이 사랑하는 가족 친지, 이웃과 독자들에게 작은 위로의 글들이 되어서 우리 앞에 놓여진 인생의 경주를 힘써 완주하여 승리의 잔을 높이 들 수 있도록 조금이라도 위로와 용기를 선사할 수 있기를 바라는 마음입니다. 저의 인생의 경주를 뜨거운 사랑과 기도로 응원해 주시는 어머니를 비롯한 모든 가족 친지, 인생과 믿음의 선배님들과 친구들, 그리고 독일에 온 지 30년이 되도록 가족과 이웃을 위해 헌신하고 있는 남편에게 이 책을 감사와 위로의 선물로 드립니다.

이 수필집에는 그동안 독일 동포신문인 〈교포신문〉에 게재하였던 글, 유럽한인신문인 〈유로저널〉 기자 및 독일 프랑크푸르트 한인회 〈한인〉 잡지 편집 기자 시절에 인터뷰 취재하였던 글, 그리고 〈한국수필〉 〈그린에세이〉 등 수필 잡지에 게재하였던 글들을 같이 모았습니다.

아름다운 표지 그림을 그려 주신 소피아 서정희 선생님과 편집 디자인을 맡아 주신 박사라은지 님, 첫 번째 수필집에 이어 이번 수필집도 기꺼이 편집 출판을 맡아 수고해 주신 선우미디어 이선우 사장님께 깊은 감사의 마음을 드립니다.

2015년 6월

라인강이 흐르는 마인츠시에서

유 한 나

작가의 말 • 5

1부

이웃의 위로

(스위스 알프스에서, 2014년 12월)

(딸 레베카 김나지움 졸업식 후, 2015년 3월)

(세 남매, 2013년 5월)

(어머니와 Bonn 에서, 2013년 6월)

외롭고 슬픈 그녀에게 보낸 편지

무더위가 이곳 독일에서도 기승을 부리던 여름날 저녁, 한 한국 여자분의 전화를 받았다. 처음 듣는 음성이었다. 주간으로 발간되는 독일의 한 동포 신문에 게재된 내 수필집 ≪라인강에서 띄우는 희망 편지≫ 발간 기사를 읽고 용기를 내어 전화를 했다고 하였다. 책을 우편으로 보내 주면 책값을 은행 계좌로 이체해 주겠다는 내용이었다.

그동안 내 시집이나 수필집을 발간할 때마다 동포 신문에 발간 기사를 내면서 구독 신청을 원하는 재독 교민들에게 책을 보내드렸다. 신문에 난 기사를 읽고 전화나 이메일을 통해 책을 구입하겠다고 하시는 분들은 책을 즐겨 읽으시는 분들이거나 문학을 사랑하는 분들이다. 이분들은 보통 책 발간을 축하한다는 내용과 함께 간단하게 책을 주문하는 전화나 메일을 보내 주는데 그녀는 달랐다. 전화로 계속 자신의 이야기를 풀어 나가는 것이었다.

촛불 아래에서 신문을 읽다가 내 수필집 발간 기사를 읽었다는 이야기(요즘 전등불을 켜지 않고 촛불을 켠다고 덧붙여 말하였다.), 그 책이 자신에게 도움이 될 것 같아 용기를 내어 전화를 하였다는 이야기로 시작하다가 남편이 올 1월 초에 5년 동안 파키슨병을 앓다가 소천하였다는 이야기, 병원에 가려고 하지 않아서 집에서 5년 동안 직접 간호하였다는 이야기, 파키슨병이 어떤 병인지 몰라 집에서 간호하였지 만일 알았으면 그렇게 하지 않았을 것이라는 이야기를 줄줄 이어 나갔다.

간호사로 오셨냐고 묻자 한국에서 회사를 다니다가 독일인 남편을 만나 함께 독일로 왔다고 하였다. 남편이 만 82세라고 하며 자신과 나이 차가 많이 난다고 하였다. 남편이 그녀에게 여자에게 반한 사람은 자신뿐이라고 하였다며 사람이 좋아서 다른 것은 보지 않고 결혼하여 독일에 왔다고 하였다. 자녀도 없고 남편과 28년을 함께 살다가 남편이 세상을 떠나자 큰 집을 정리하고 조그만 집으로 이사해 왔다고 하였다. 남편의 빈 자리가 너무 커서 하루 종일 울 때도 종종 있었다고 말하였다. 남편에게 말했던 대로 6개월간 검은 상복을 입고 다녔고 그 후 2주가 지나서야 좀 밝은 색 옷을 입기 시작하였더니 마음도 좀 밝아지는 것 같다고 하였다.

조금이라도 그녀를 위로하려고 "앞으로 글을 쓰시면 좋겠네요.”라고 말했더니 그동안 일기식으로 글을 많이 써 놓았다고 하며 5년 동안 남편을 간호하며 간병 일기도 써 놓았다고 하였다. 컴퓨터나 메일을 하지 않는다고 하였고, 한국에 가끔 들어가시지 않느냐고 물었더니 한국에 가족들이나 친구들과는 연락이 끊어진 지 오래이고, 죽기 전에 아버지 산소나 한 번 찾아 뵙고 싶다고 하였다. 보통 어머니 산소를 찾아 뵙고 싶어할 텐데 어머니 말씀이 없는 것으로 보아 일찍 돌아가셨거나 어떤 사연이 있는 것이라고 짐작하고 더 묻지 않았다.

전화를 끊고 통화 시간이 전화기에 자동으로 기입되는데 '45분'이라고 쓰여 있었다. 처음 통화하는 사이인데 장장 45분을 이야기하였으니 그동안 남편 소천 후에 얼마나 외로웠으면 그랬을까 싶었다. 그녀는 지금도 방안과 부엌, 거실 등 집 안 모든 곳에 남편의 영정 사진을 놓아 두고 날마다 살아 있는 사람에게 이야기하듯 말한다고 하였다. “지금 요리를 해서 식사를 하는데 당신은 같이 못 먹으니 유감이네요.” “지금 장 보러 나가는데 다녀올게요.”

전화선을 타고 들리는 그녀의 말을 들으며 참 순수하고 때묻지 않은 소녀 같은 분이라는 생각이 들었다. 26살이나 나이가 더 많은 한 외국인 남자의 “여자에게 반한 사람은 당신 밖에 없소.”라는 말을 순수하게 받아들이고 먼 이방 땅 독일까지 그 사랑을 따라 와서 자녀 한 명 없이 남편 한 사람을 의지하고 살아온 분. 세상을 떠난 지 반 년이 지나도록 검은 상복을 입고 지금도 날마다 그와 대화하며 하루하루를 슬픔과 옛 사랑의 기억 가운데 사는 분. 한국에도 요즘 이렇게 한 남편에 대해 순수한 사랑을 가진 분은 결코 찾기 쉽지 않을 것이라는 생각이 들었다. 5년이나 힘들고 또 힘들었던 시간을 보내고 남편이 소천하면 고통받던 남편이나 자신을 생각하고 '잘 떠나셨다.'고 생각하기 쉬울 텐데 반 년이 지난 지금도 마음이 아파서 하루 종일 우는 때도 많다고 하니 소녀의 순수성을 그대로 지닌 분으로 내게 전해졌다.

사랑은 깨끗하고 순수하여야 사랑이라고 이름 붙일 수 있지 않을까. 돈과 권력을 가진 남자들이 나이 차가 많이 나는 젊은 여자와 재혼, 3혼을 하는 경우를 많이 보고 듣는다. 젊고 아름다운 여인들이 재력과 권력을 지닌 나이 많은 남자들과 결혼을 한다.

돈이나 권력이나 미모를 보고 자신의 욕심이나 허영을 채우기 위해 사랑이라는 순수한 말을 사용할 수 없다. '정략 결혼'이거나 '계략 결혼'이라고 말할 수는 있을지 모르지만 '사랑'이라는 고결한 단어를 붙이는 것은 사랑에 대한 모욕이다. 많은 이들의 기억에 첫사랑이 슬프도록 아름다운 것은 서로간에 아무 사심이 없는 순수한 사랑이어서 그러할 것이다.

날마다 신문 뉴스를 장식하는 가정의 불화, 애정 행각의 비극적인 사건들은 처음에는 순수한 사랑으로 시작되었다고 할지라도 상대방을 자신의 소유로 생각하거나 존중하지 않고 배려하지 않을 때 질투와 시기, 미움, 분노, 허영심과 자존심 등의 불순물이 잡초처럼 섞여 피어나기 때문에 일어나는 일이다. 사시사철 푸르고 아름다운 꽃들을 피워 내는 향기로운 정원을 가꾸기 위하여 땀 흘리며 잡초를 없애 주고 시시때때로 물을 뿌려 주며 때를 따라 거름을 주듯이 날마다 순수한 사랑을 가꾸고 지켜서 향기로운 사랑의 꽃밭, 사랑의 보금자리를 만들기 위해 정성과 진심으로 사랑의 화원을 가꾸어 나가야 함을 나는 그 45분에 걸친 전화 강의를 통해 배웠다.

어릴 때부터 책을 좋아하였다는 그녀가 내 수필집을 읽고 희망의 불씨 한 톨을 받아 제2의 인생, 그녀처럼 외롭고 슬픈 이들을 위로하는 좋은 글을 쓰는 작가로 새 인생의 희망의 불꽃을 활활 피울 수 있기를 바라는 마음이 간절하다. 그래서 남편 몫까지 두 배의 몫을 사는 축복된 삶을 살길 바라며 그분께 위로의 카드와 함께 내 수필집 《라인강에서 띄우는 희망 편지》(2013년)를 내가 살고 있는 라인강이 흐르는 도시 마인츠(Mainz)에서 그녀가 외로이 살고 있는 북독일까지 띄워 보냈다.

…사랑하던 사람을 멀리 떠나보내는 슬픔과 헤어지는 고통, 또는 절

망감을 안고 우리는 살아갑니다. 외로움과 자책감, 용서하고 사랑하기 힘든 사람들에 대한 원망, 자신과 자신을 둘러싼 환경에 대한 절망과 미래에 대한 막연한 두려움으로 삶에 대한 용기를 잃을 때가 많습니다. 어디 희망을 찾으려고 해도 희망의 불씨 한 톨 찾기가 어려운 때가 많습니다. 그럼에도 불구하고 우리는 희망을 말합니다. 그리고 말해야 합니다. 절망과 슬픔은 진정한 희망의 불을 지피기 위해 없어서는 안 될 장작들이기 때문입니다. 절망과 슬픔이 거름이 될 때 참 희망의 불꽃이 타오릅니다. 절망과 희망을 따로 분리하는 것에 우리의 착오가 시작된다고 생각합니다.

문제는 절망의 시점에 주저앉아 버리거나 그 자리에서 헤어나오지 못하고 있는 것이지 결코 절망스러운 상황 그 자체에 있지 않습니다. 앞서 희망의 삶을 살았던 많은 분들이 절망의 순간을 희망의 시작으로 삼아 그 어려운 시간을 극복해 나갔을 때 참 희망을 발견할 수 있었던 증거를 보여 주고 있습니다. …

(한국수필 2013년 9월호)

시아버님께 드리는 편지

1.

전화선을 타고 들리는 어딘가 힘이 빠진 듯한 남편의 목소리로 직감할 수 있었다. "오늘 저녁 예정대로 한국으로 떠나게 되었어." "비행기에 자리가 있대요?" "응." "알았어요." 정작 중요한 메시지는 빠진 채 단지 몇 번의 짧은 통화가 오고 갔지만 여운은 길게 마음에 남았다.

그분이 가셨구나. 한 달, 아니 3주만 더 계셨으면 독일에서 증손자가 태어난 기쁜 소식을 들으실 수 있었을 텐데, 눈을 감으시기까지 먼 외국에 살고 있는 막내 아들을 한번 보시길 기다리셨을 텐데, 부모님은 기다려 주시지 않는구나. 아니, 시간은 관대한 법이 없이 정한 시간을 한 치도 더 넘는 법이 없구나. '차가운 시간이다'라는 생각이 들었다. 그래도 남편이 좀 신속하게 반응하였더라면 만 100세로 멀리 떠나가시는 길에 조그만 힘과 위로라도 되었을 텐데 싶은, 뭔가 아쉬운 마음이 들었다.

그러니까 지난 토요일에 아버님 상태가 좋지 않으시다는 큰형님의 전화에 남편이 빨리 서둘러 한국행을 결정했어야 하였다고 마음속으로 말하고 있었다. 그러나 지금 와서 그런 말을 한들 이미 자책하며 슬퍼하고 있을 남편에게 무슨 소용이 있으랴 싶어 말을 삼켰다.

그동안 몇 번 형님은 국제 전화로 아버님 건강 상태에 대하여 알리시면서 위독하시게 되면 다시 전화하겠다고 말씀하시곤 하셨다. 남편에게 아버님이 아직 살아 계실 때 한국에 다녀오는 것이 좋지 않겠냐고 두어 번 말했지만 직장에 매여 있는 남편이 쉽게 한국행을 결정하기도 쉽지 않았다.

그래도 이번 월요일에만 비행기를 탔으면 화요일 점심 때 도착하여 인천공항에서 경기도 일산에 오후면 도착하였을 것이고, 수요일 오전 11시경 돌아가셨으니 임종은 지키고 효자 노릇 한번 제대로 할 수 있지 않았을까 하는 안타까운 마음이 들었다. 화요일 저녁 늦은 퇴근길에 아버님이 위독하시다는 큰형님의 전화를 받고 수요일 저녁에나 떠났으니, 이틀을 놓치는 바람에 거의 일세기라는 긴 세월 동안 일제식민지, 한국전쟁, 남북분단과 같은 한국의 파란만장한 역동기를 다 겪으시고, 6남매의 크고 작은 가족사를 겪고 가신 아버님 임종을 지켜 드리지 못하고 말았다.

아버님은 내게 큰 느티나무와 같은 든든한 울타리가 되어주셨다. 친정아버지의 사랑을 어릴 때만 잠시 체험했던 내게, 시아버님은 큰 어른으로서 아버님의 사랑을 느끼게 해 주신 분이었다. 그분에게서 나는 집안 어른의 사랑과 보호라는 것이 어떤 안정감을 주는 것인가를 배웠다.

눈물이 떨어졌다. 일 년 가까이 요양병원에 누워 계시면서 휠체어를 타고 병원 복도를 다니시면서, 외국에 멀리 떨어져 살고 있는 막내아들도 보고 싶으셨을 것이고 두 손자와 외동 손녀딸도 보고 싶으셨을 것이다. 그런데 병원에 계시는 지난 일 년 동안에는 그나마 예전에는 일 년에 몇 번 손꼽을 정도만 드리던 전화도 자주 드리지 못하였다.

아버님, 너무 해 드린 것이 없어 죄송합니다. 장례식에라도 남편과 같이 참석할 수 있으면 좋으련만 이곳에 있는 아이들과 제 앞에 놓여 있는 일들로 남편만 보내게 되었네요. 아버님이 마지막 가시는 길에 그토록 만나 보기를 바라셨을 막내아들인 남편을 제가 앞으로 더 잘 섬길게요. 그게 아버님의 사랑의 빚을 조금이라도 갚는 길이 되겠지요.

남편을 공항에서 한국으로 떠나보내고 집에 돌아와 딸과 함께 식사를 하는데 독일에서 태어난 딸이 몇 번 한국에 나갔을 때 체험했던 할아버지에 대한 추억을 더듬으며 이야기하였다.

"할아버지, 참 대단하셨어. 중풍으로 왼쪽이 마비된 할머니를 십 년이 넘도록 뒷바라지하셨으니 말이야. 화장실 변기에 올려 주시고 또 내려 주시고…. 난 그게 참 사랑이라고 생각해."

"작은 오빠와 내가 할아버지 집에 갔을 때, 할아버지에게 말씀 안 드리고 근처 놀이터에 놀러 갔는데 할아버지가 우리를 찾으러 오셔서 빨리 집에 가자고 재촉하셨지."

"그래, 독일에서 잠시 나왔던 너희들이 어디 없어진 줄 알고 얼마나 놀라셨겠니?"

"너희들이 거실에서 이불 덮고 자고 있을 때 할아버지가 혹시 밤중에 거실 천장에 달린 전등이 자고 있는 너희들에게 떨어져서 다칠까 하는 생각이 드셔서 자고 있는 너희들의 요를 통째로 끌어 당겨 전등이 떨어져도 다치지 않을 한 곳으로 밀어 주셨지." 하며 이야기를 주거니 받거니 하며 그분의 손자손녀 사랑을 되새겼다.

시어머님이 세상을 떠나신 지 십 년이 넘도록 날마다 집 앞에 있는 노인대학에 다니시며 강의도 들으시고 바둑도 두시며 노래도 연세가 어린 다른 어느 분보다도 열창하셨다는 아버님. 이제 삶의 고단함도, 외로움도, 그리움도 훨훨 털어 버리시고 영원한 마음의 평화와 안식을 누리시길 바랍니다. 가끔 생신 때나 명절 때에 독일에서 전화를 드리면 "고맙다.", "반갑다." 하시며 반겨 주시던 목소리를 이제 더 들을 수 없어 아쉬운 마음입니다.

몇 년 전, 한국에 잠시 나가서 시댁을 찾아갔을 때, '나이가 오십이 넘어도 미스 코리아보다 더 예쁜 글로벌 코리아'라고 세상에 들어 본 적이 없던 칭찬을 함박웃음과 함께 선물하시던 아버님. 밖에는 이별의 눈물인 듯 겨울비가 조용히 내리고 있습니다. 한국에 나갈 때마다 독일로 다시 떠나올 때면 "안녕히 계세요." 하며 작별 인사를 드리고 오곤 하였는데 이제 제가 아버님을 떠나 보내 드리네요.

아버님, 안녕히 가세요. 홀로 남아 계시면서 십 년이 넘게 그리워하셨던 어머니와 오랫동안 앓던 병 때문에 당신보다 훨씬 먼저 떠나보내 늘 가슴 아파하셨던 둘째 아드님과 기쁨의 해후를 하세요. 그리고 이곳 독일 막내아들과 며느리, 손녀손자 안부를 전해 주세요. 증손자가 곧 태어난다구요. 아버님, 다음에 편지 드릴 때까지 안녕히 계세요. 생전에 한 번도 편지를 드리지 못했던 막내 며느리가 아버님과 영원한 작별을 하면서 첫 편지를 드립니다.

2.

아버님, 지난해 돌아가셨다는 소식을 들은 지 얼마 되지 않은 것 같은데 벌써 2주기가 지나갔네요. 아버님이 떠나시고 난 후, 지난 한 해 동안 크고 작은 일들이 일어났답니다. 아버님이 돌아가신 지 6개월 후에 아버님 둘째 사위인 둘째 고모부가 폐암으로 돌아가셨어요. 마침 제가 한국에 잠시 나갔을 때라 고모부님이 아직 병원에 계실 때 병문안 가려던 날, 그날 계시던 병원에서 다른 병원으로 옮기신다고 하셔서 전화로만 고모부님과 통화하였는데 그 전화가 지상에서의 마지막 작별 인사가 되었어요. 그날 새로 옮긴다는 병원으로 찾아뵙지 못한 아쉬움이 남아 있어요. 아버님이 살아 계셨더라면 둘째 사위를 먼저 보내신데다가 더욱이 둘째 따님이 혼자 남으셔서 더 마음이 아프실 뻔하셨겠다 싶었지요.

아버님, 그런데 좋은 일도 있었어요. 아버님이 어머님 곁으로 가시고 나서 큰아주버님과 큰형님, 둘째형님, 막내형님 내외분들이 한 달에 한 번씩 만남을 가진다고 합니다. 이번 달에는 아버님과 어머님, 6남매 가족이 함께 사셨던 고향인 고창에 내려가셔서 하루 쉬신다고 하네요. 어릴 적 향수와 부모님에 대한 사랑과 고마움, 그리고 형제간의 우애를 기억하는 모임을 가지시겠지요.

아, 그리고 지난해 아버님 증손자가 태어났는데 이제 첫돌을 지나고서도 석 달이나 된답니다. 일 년 동안 기어 다니기만 하다가 돌이 지나면서 혼자 뒤뚱뒤뚱 걸어 다니더니 지금은 빠른 걸음으로 얼마나 잘 걸어 다니는지 뒤를 쫓아다니기 바쁘답니다.

기쁜 소식 한 가지 더 전해 드릴게요. 몇 달 있으면 아버님 증손녀가 태어난답니다. 어머님에게도 전해 주세요. 환한 웃음을 지으시며 아주 기뻐하실 것 같네요. 아버님, 어머님이 저희가 독일에 왔을 때 한국에서 2년간 맡아 키워 주신 아버님, 어머님의 막내 손자가 이제 두 아이의 아빠가 되니까요.

올해 저희가 아버님, 어머님을 떠나 독일에 온 지 삼십 년이 됩니다. 강산이 세 번 변하는 세월을 독일에서 보냈네요. 독일인들이 다니는 회사에 근무하는 막내아들에게 혹시 해가 될까 싶어 한국 축구 국가 대표팀과 독일 국가 대표팀이 축구 경기를 하면 독일 축구팀들이 이기기를 바라기도 하셨다는 말씀을 기억합니다.

아버님 곁을 떠나 거의 삼십 년 가까이 외국에 사는 저희들을 늘 염려해 주시고 아껴 주셨던 아버님, 올 여름에 한국에 나가면 남편과 제가 찾아뵙고 큰 절 드릴 아버님, 어머님 모두 안 계시다고 생각하니 벌써 마음이 허전하네요. 그러나 더 좋은 나라에서 평안과 안식을 누리고 계신다고 믿고 더 열심히 살면서 아버님의 손자 손녀들과 증손자 증손녀들을 잘 키워서 아버님, 어머님의 자랑이 되도록 애쓰겠습니다.

내년 3주기에는 더 기쁘고 좋은 소식들을 전해 드릴 수 있기를 바라면서 두 번째 편지를 드립니다. 어머님과 작은아주버님에게도 사랑의 안부 인사를 전해 주시기 바랍니다.

품이 넉넉한 사람

요즘 고등학교 3학년인 딸아이가 학교만 다녀오면 집에서 내게
말하는 주제가 결혼에 대한 내용이다. 고등학교 마지막 학년이고
독일식으로 성년인 만 18세가 되었으니 이해가 되면서도, 일주일
째 계속 결혼에 대한 이야기를 하니 나도 이제부터 딸의 결혼을
위해 마음을 써야겠다는 생각이 들었다.

명랑하고 적극적인 성격의 외동딸이자 삼 남매 중 막내인 딸아
이를 위해 조용하고 침착하며 인내심 있는 사람, 독일에서 태어나
자랐기 때문에 한국말이 유창하지 못한 딸아이에게 한국말을 잘
하는 남자가 딸의 배우자감으로 좋겠다는 생각이 들어서 딸은 어
떻게 생각하는지 물었더니 당장 대답하기를, 자신은 독일에서 태
어나 독일 문화 속에서 성장하였으니 너무 한국적인 남자보다 자
기처럼 독일에서 태어나 독일 문화를 아는 사람과 결혼했으면 좋
겠다고 하였다.

그러더니 며칠 후에 친구들과도 이야기를 나누어보고 자신도 스스로 자신을 돌아보며 생각을 했는지 아빠나 엄마가 말해 준 것처럼 조용하고 인내심 있는 한국 남자와 결혼을 해야 할 것 같다고 말하였다. 그런데 자신은 기타를 치며 큰 소리로 즐겁게 노래를 함께 할 수 있는 사람이 좋고, 집에서 같이 개를 키울 수 있어야 하고, 유머가 많은 남자여야 하고… 하면서 자신이 생각하였던 이상적인 배우자 상을 한 가지, 두 가지씩 토로하였다.

미래의 배우자와 행복한 결혼을 꿈꾸며 들떠서 하는 딸의 말을 들으며, "남자와 여자는 다르다는 것을 알아야 한단다."고 너무 결혼에 대한 큰 기대나 환상을 품었다가 나중에 실망이 클 것을 대비하여 말해 주었다. 그랬더니 자기도 그 점은 벌써 알고 있단다. 주위에 남자 친구나 여자 친구가 있는 친구들의 풋사랑과 이별을 보면서 간접 체험을 한 것이리라 생각되었다.

아직 남자 친구의 프로포즈를 받아 보지 못해 가끔 자신이 너무 남자처럼 활발하여서 여성으로서의 매력이 없어 남자 친구가 생기지 않는 것인가 고민하는 말을 하기에 "아니야. 너를 좋아하는 많은 남학생들이 있을 거야. 단지 용기가 없어서 마음으로만 생각하고 있겠지. 그리고 때가 되어 네 결혼 대상의 남자 한 사람만 있으면 되지 않겠니?" 하고 위로(?)의 말을 해 주었다.

딸이 그러하듯, 십 대에 벌써 미래의 배우자감을 상상하고 행복한 결혼 생활을 꿈꾸는 이들이 많을 것이다. 이십 대에는 현실적으로 배우자감을 찾으려는 젊은이들이 실제적으로 고민의 날들을 많이 보낼 것이고…. 요즈음은 자신의 경력을 얼마큼 쌓은 후, 삼십 대가 넘어서 결혼하는 경우가 많거나 혹은 사십이 넘어도 결혼할 생각을 하지 않고 있는 싱글족들도 많이 늘었다고 들었다.

세상에 인구가 약 73억이라고 하는데 그중 딸의 배우자가 될 사람은 단 한 사람이니 자신에게 맞고 어울리는 그 한 사람을 찾기가 얼마나 어려운 일이겠는가. 처음부터 결혼을 하지 않고 자기의 인생을 즐기고자 하는 싱글들도 많지만 자신에게 맞는 배우자를 찾지 못하여 원치 않게 독신으로 사는 경우가 얼마나 또 많은가 말이다.

자신에게 맞지 않는 배우자와 결혼하였을 때 생기는 숱한 부부 문제, 부부 갈등은 별거나 이혼으로 이어지니, 섣불리 배우자를 결정하기도 쉽지 않다. 혹 마음이 맞고 사랑하여서 결혼하는 경우에도 살아가면서 갈등과 오해, 의견 대립 등으로 이혼율은 갈수록 늘어나는 추세이다.

자신에게 맞는 배우자를 찾는 일은 자신에게 맞고 어울리는 옷을 고르는 작업과 비슷하다는 생각을 할 때가 종종 있다. 백화점이나 상점을 돌아다니며 옷을 사러 다닐 때, 눈으로 바라만 보면 참 예뻐 보이고 디자인도 참신하고 세련된 옷인데 막상 입어 보면 몸에 맞지 않거나 얼굴이나 체형에 어울리지 않는 옷이 많다. 마음에 들고 몸에도 맞는 옷을 고르기가 쉽지 않다는 말이다. 욕심을 내어서 예뻐 보이는 옷에 자신의 몸을 맞추려다가 숨도 쉬기 어렵고 불편한 옷을 사서는 얼마 입다가 던져 버릴 것이 아닌가. 조금 덜 예뻐 보여도 자신의 몸을 보호하고 자신의 개성을 살려주는 옷이라면 좀 헐렁해도, 좀 색상이 보기에는 그리 세련되지 못하더라도 입어 보아 자신에게 어울린다면 그 옷이 그에게 맞는 옷일 것이다.

성장하는 십 대 나이라서 매년 키가 자라고 커진 딸아이는 최근 몇 년 동안 매년 겨울이면 지난해 잠바는 작아서 더 입을 수 없다고 새 겨울 잠바를 사 달라고 하였다. 올해도 몸에 딱 맞는 잠바를 고르기에 "이번 겨울 12월부터 2월 정도까지 석 달 정도만 입고 혹시 네가 더 키가 자라서 내년 겨울에 못 입을지도 모르니 좀 여유 있는 잠바를 고르렴." 하고 권하였다.

그러면서 나는 마음속으로 '딸의 배우자감도 당장 눈에 좋아 보이고 현재 조건이 좋은 사람보다 딸의 약점과 실수를 품어 줄 수 있고 딸의 가능성을 키워 줄 수 있는 남자가 좋겠다.'는 생각을 하였다. 그리고 딸도 현재 자신의 생각이나 취향에 딱 맞아 보이는 사람을 찾기 보다 그녀를 있는 그대로 품어 주고 사랑해 줄 수 있는 인격과 마음이 넓은 사람을 선택하는 것이 좋겠다고 말을 해 주어야 하겠다는 생각이 들었다.

올해로 결혼 30주년을 맞았다. 30년 전, 남편과 결혼하려고 할 때 어머니는 애지중지 키운 첫딸의 행복을 위해 기왕이면 더 좋은 대학을 나오고 더 좋은 집안의 남자, 안정된 직장을 가지고 있는 남자와 결혼하기를 원하셨는지 나의 결혼에 대해 탐탁하게 생각하시지 않으셨다. 나보다 한 살 아래인 여동생도 나를 말렸다. "다시 한 번 더 생각해 봐." 하며 제법 내 언니가 된 듯이 인생의 충고(?)를 하였다.

그때 남편은 군대를 제대한 지 한 달밖에 되지 않았고 막 직장에 들어간 신입 사원이었다. 6남매 막내아들로 집안에 권력이나 재력이 있는 것도 아니었다. 나도 처음부터 남편을 미래의 배우자 감으로 생각한 것은 아니었다. 대학교 때 다니던 영어 회화 클럽의 선배였기 때문에 편한 마음으로 대하였는데 그 편한 사이가 남편의 청혼을 받고 결혼까지 이어지게 된 것이었다.

외출할 때에는 다른 사람들의 눈을 의식하여 몸에 딱 맞는 예쁜 옷으로 치장하고 나갔다가 집에 돌아오면 갑갑하던 옷을 훌훌 벗고 편한 옷으로 갈아입듯이 결혼 생활이란 겉으로 몸에 딱 맞고 멋있어 보이는 옷보다 편한 옷과 같은 남자와 살아야 고운 정 미운 정 나누며 일생을 함께할 수 있는 것 같다.

결혼 후에 친정어머니는 우리에게 메일을 보내실 때마다 "사랑하는 사위에게"라고 쓰시며 사위 사랑이 지극하시다. 가끔 남편이 독일에서 한국으로 안부 전화를 드리면 아주 기뻐하시며 좋아하신다. 그리고 남편의 전화 목소리까지 '매력적인 목소리'라고 칭찬해 주신다. 여동생도 결혼 30년이 넘도록 언니와 행복하게 살아주는(?) 남편에게 "형부 같은 남자 없다."며 그의 팬이 되었다.

남편은 가끔 우스갯말로 "나를 좋아하는 여자 네 명이 있는데 장모님과 처제, 그리고 아내와 딸"이라고 말한다. 친구 부모님들의 이혼이나 별거 소식을 많이 듣고 있던 딸도 인내심이 많고 온유한 아빠 편을 들면서 "아빠 같은 남편을 만난 것을 엄마는 감사하게 생각하셔야 해요."라고 말하곤 한다.

가끔 고위직에 있는 정치가들이나 돈 많은 사업가, 명문 대학의 교수들의 비리나 부도덕한 이중적인 삶에 대한 뉴스를 읽을 때, 그들의 어머니나 아내들의 마음이 얼마나 아프고 고통스러울까 싶으면서 겉으로 드러나 보이는 근사한 외적인 조건이 배우자 선택의 우선 순위가 되어서는 결코 안 된다는 생각을 굳히게 된다.

한창 결혼에 대한 꿈과 미래의 한 남자를 상상하며 '누가 나의 미래의 배우자가 될까?' 하며 기다리고 있는 딸아이에게 어울리고 맞는 한 사람이 나타나서 행복한 가정을 이루는 그날이 오기를 기도하는 요즘이다. 그리고 나도 남편이나 내 자녀들, 친구들을 품어 줄 수 있는 품이 넉넉한 사람이 되어야겠다고 생각해 본다.

(그린에세이 2013년 1.2월호)

외갓집 추억 시편

외할아버지에 대한 추억은 기차 안의 한 장면에 대한 기억에서 시작된다. 아빠와 엄마를 떠나 기차를 탔을 것이다. 밤기차였는지 추위, 혹은 알 수 없는 불안감에 비에 젖은 비둘기처럼 오들오들 떨었던 생각이 나고, 기차간 맞은 편 자리에 허연 긴 수염을 가지신 외할아버지가 앉아 계셨던 기억이 남아 있다.

아빠와 엄마를 떠나 서울에서 진주까지 천 리 길을 기차로 달려서 외할아버지, 외할머니가 사시는 외갓집에서 살기 시작했다. 외갓집에 있던 숯으로 벽에 글이나 그림을 그려서 남들보다 한 살 일찍 초등학교에 보내셨다고 한다.

3학년 때인가, 초등학교 운동장에서 드보르작의 〈유모레스크〉 곡의 가볍게 뛰듯이 연주되며 자유롭고 명랑한 음률에 맞추어 학생들이 같은 율동으로 모두 양산을 돌리거나 높이 올리면서 흥겹고 재미있게 매스 게임을 하던 기억이 제일 선명하게 남아 있다. 그래서인지 이 〈유모레스크〉 곡을 듣게 되면 자연스럽게 초등학교 시절, 학교 운동장에서 양산을 펼쳤다 접었다 올렸다 내렸다 하며 즐거운 매스 게임을 하던 추억 속으로 잠겨 들며 50여 년 초등학교 운동장으로 달려가는 타임머신을 타곤 한다.

학교에서 돌아오면 부엌에서 일하시던 외할머니가 앞치마에 젖은 손을 닦으시며 첫 손녀인 나를 반갑게 맞아 주셨다. 외할머니가 밥상에 차려 주셨던 큰 사발에 담겼던 쌀밥, 보리밥, 가지나물무침, 게장국, 국밥, 호박쌈, 꼬막 등은 지금도 내 혀에 감쳐 오는 추억의 반찬이 되었다. 외할머니의 사랑에 대한 고마움이 내 마음 깊숙이 쌓여 있었기에 수십 년이 지난 후 독일에서 〈할머니〉라는 시를 쓰게 되었고, 이 시는 내게 재외동포문학상 시 부문 입상의 기쁨과 영예를 안겨 주었다.

…
할머니는
틈틈이 컴컴한 부엌 부뚜막에
물 한 그릇 떠놓으시고
두 손 모아 지성 기도를 올리셨다.

남해 바다에서 잡아올린 구수한 꽃게탕

향그럽던 호박잎 쌈장 밥

따끈한 국밥 속에 우러나오던

할머니의 따뜻한 마음

지금도

외갓집 대문에 들어서면

물 묻은 손 행주치마에 닦으시며

아이구, 내 강생이 오나

반기시는 목소리로

할머니가

캄캄한 시골 부엌에서

금방 나오실 것 같다.

…

외할아버지는 날마다 아침 일찍 대문 앞 골목을 긴 싸리 빗자루로 쓸어 내셨다. 하루 종일 딱지치기, 구슬치기(당시에는 일본말인 다마 놀이라고 불렀다.), 다섯 개의 작은 돌로 다섯 손가락을 움직이며 노는 공기놀이, 두 아이가 양쪽에 서서 고무줄을 붙들고 있고 그 고무줄을 포물선 돌리듯 돌리면 그 안에 들어가 뛰어 노는 고무줄놀이 등 골목에서 온갖 놀이를 하며 아이들이 흘린 쓰레기들을 싹싹 쓸어 내셨다. 그리고 집에 들어오셔서 넓은 마당 한편에 있는 우물에 두레박을 내리시고 '철렁' 소리를 내고 우물물에 떨어지는 소리가 들리면 두레박에 물을 담아 끌어 올려 넓은 대야와 여러 양동이에 물을 찰찰 넘치게 받아 놓으셨다.

내가 외할아버지에게 배운 것은 매일 아침 일찍 골목을 쓸어 내시고 우물물을 길어 올리시던 할아버지의 부지런하심, 밥상에서 밥알을 흘리면 밥 한 톨도 소중히 여겨야 한다고 가르쳐 주신 알뜰하고 근검하신 생활 철학 등이다. 그 후 초등학교 4학년부터 서울에서 다시 살게 되었는데 방학 때 진주에 내려가면 나를 따로 부르셔서 장롱 맨 아래칸 속에 숨겨 놓았던 곶감을 꺼내 주셨던 자상하셨던 모습을 기억하며 〈할아버지의 곶감〉이라는 제목으로 동시 한 편을 쓰기도 하였다.

할아버지 장롱 속에는
새까만 씨앗 한 움큼 숨어 있었던 게야

방에 들어온 햇살
장롱 안 씨앗 속에 들어가 싹 틔우고
둥그런 감 열리게 한 게야

껍질 벗긴 감

손녀 오기를 기다리고 기다리시다

다시 장롱 속에 숨겨 두셨던 게야

감 향기 맡고 몰려온 햇살

감물 쪽 빨아먹고

단내 나는 마른 곶감 되어

할아버지 손에 들려 나와

내 입 안에 들어온 게야

할아버지 장롱 속은

맛난 곶감 키워 내는

작은 온실이었던 게야.

　지난해 가을, 비바람이 몰아친 다음 날 아침에 대문 앞에 우수수 떨어진 낙엽을 쓸어 내면서 외할아버지를 추억하는 두 번째 시 〈싸리비로 낙엽을 쓸며〉을 썼다.

　이른 아침,

　밤새 비바람에 떨어진 낙엽을 쓸며

내 가슴속에 하나 둘씩 떨어져 쌓인 잎들도

쓸어 낸다.

생기 잃은 메마른 허무의 잎

숭숭 구멍 뚫린 외로움의 잎

슬픔의 물기에 축축이 젖은 잎.

아, 그 옛날

이른 아침마다

대문 앞 골목길 쓸어 내시던 할아버지,

종일 아이들이 놀다 남긴 쓰레기,

사람들이 오가다 흘린 먼지만 쓰신 게 아니었구나.

밤새 그분 마음속에 수북이 쌓인

붉은 아픔의 잎

불타는 분노의 잎

검게 타 버린 근심의 잎

싸리 빗자루로 싹싹 쓸어 내셨구나.

갈래갈래 흩어진 마음

싸리비로 가지런히 고르셨구나.

낙엽 쓸어 내는 아침,

긴 싸리비를 드신 채

묵묵히 대문 앞 길목을 쓸어 내시던 할아버지,

바로 눈앞에 서 계신 것 같다.

외할아버지, 할머니에 대한 시편을 사십, 오십이 넘은 나이에 쓰기도 하였으니, 어릴 때 그분들에 대한 각별한 정과 지극정성으로 키워 주신 사랑에 감사한 마음이 늘 내 마음 깊숙이 자리잡고 있었던 것이리라.

내가 시인이나 수필가로 문학 창작 활동을 할 수 있게 된 것도 외갓집에서 자란 어린 시절이 좋은 토양이 되었던 것이라 생각된다. 무화과나무에서 무화과가 주렁주렁 열리고 채송화, 함박꽃 등 꽃밭이 있던 마당과 부엌 앞에 크고 작은 많은 장독이 놓여 있던 장독대, 마당 한쪽에 세워져 있던 절구통, 우물, 먹을거리가 쌓여 있던 곳간, 여름 밤에 어린 우리들의 빛나는 눈동자만큼이나 반짝거리던 별들을 마당 가운데 놓인 시원한 평상에 누워서 바라볼 수 있던 시골에서의 여유와 남강 모래사장에서 뛰어 놀던 자연 환경, 외할아버지와 외할머니의 지극하신 사랑…. 이러한 것들이 내 인격과 정서에 스며들고 문학적 토양이 되었던 것이라 생각된다. 진주에서 자란 사촌들 중에서도 시인, 수필가 언니 오빠들이 여럿 있다.

이제 남편과 나도 지난해 2월에 첫 손자가 태어나 할아버지, 할머니가 되었는데 앞으로 손자 손녀들에게 내 할아버지, 할머니처럼 사랑과 정성으로 부지런하고 곧은 삶으로 깊은 감화를 줄 수 있도록 마음과 삶의 자세를 새롭게 해야겠다는 생각이 든다.

어떤 한독 가정의 순애보

　시내 한복판에서 우연히 마주친 그녀의 손을 반갑게 잡았다. 그리고 그녀의 남편 안부를 물었다. 지난 번 시내에서 그녀를 만났을 때 남편이 투병 중이라고 들은 기억이 나서였다.

　그녀는 경상도 사투리 억양이 실린 투박한 목소리로 "돌아가셨어예." 하더니 금방 눈에 눈물이 그렁그렁 맺히며 쌓였던 봇물이 터지듯 말을 쏟아 냈다. "요즘 혼자 길 가면서도 계속 울고 다녀예. 시내를 걸어가면 저 앞에서 그가 웃으면서 올 것만 같은 생각이 들고. 그 사람 참 좋은 사람이었어예." 하며 흐르는 눈물을 줄곧 손으로 닦아 냈다. 그는 후두암으로 일 년 반 정도 호스피스에서 지내다가 돌아가셨다고 말했다. 그녀는 "그리 빨리 갈 줄 몰랐어예. 이제 모든 것이 아무 의미가 없어예." 하며 계속 눈물을 흘렸다.

나는 그녀가 곧 허물어 쓰러지지 않을까 싶어 팔을 붙잡고 어디가서 차라도 한 잔 같이 마시자고 하였다. 그녀는 손사래를 치며 남편 사망 신고서를 보이고 보험 내는 것을 이제 중단시켜야 해서 보험 회사에 가야 한다고 하며 낮 12시 15분에 성당에서 미사가 있다고 하였다. 나는 돌아가신 분을 위한 미사인 것으로 이해하고 한 시간 정도만 있으면 되니 나도 그 미사에 참석하겠다고 하였다.

그녀와 얼마간이라도 시간을 같이 보내는 것이 그녀에게 절실하게 필요한 것처럼 느껴졌다. 그녀는 보험 회사에 가고 나는 서둘러 가까이 위치한 서점에 들러 조의를 표하는 카드 한 장과 사랑하는 사람을 잃은 이들에게 보내는 위로의 소책자를 샀다. 수중에 조의금을 드릴 만한 현금이 없었기에 시내 현금 자동 인출기에서 50유로를 찾아서 카드 봉투에 넣었다.

시간이 조금 남아서 책을 읽을 수 있는 작은 소파가 비치되어 있는 큰 서점에 가서 그림과 함께 위로와 희망의 짧은 글들이 실린 얇은 소책자를 읽어 보았다. 그리고 그녀에게 카드를 썼다. 모든 슬픔과 아픔을 잘 극복하시고 앞으로 글을 쓰는 은사를 살려서 슬프고 아프고 외로운 사람들을 격려하는 좋은 글을 쓰시라고는 내용이었다.

미사를 마친 후 우리는 함께 아담한 그 성당을 나왔다. 성당

밖에 세워 놓았던 자전거를 타기 위해 자전거 열쇠를 한 손에 든 채 그녀는 내게 계속 눈물로 그에 대한 이야기를 쏟아 놓았다.

"돌아가시기 사흘 전에 그이가 자신이 죽을 것을 예감했는지 내가 저녁 때 호스피스 병원을 나와 집에 가려고 하니까 말을 할 수 없으니 제 손을 꽉 붙잡는 거라예. 가지 말라고…. 지금 생각하면 얼마나 외롭고 무서웠겠어예? 그런데 저도 집에 와서 일해야 할 것도 있고 간호사들도 그에게 "당신 부인은 집에 가서 좀 주무셔야 돼요." 하며 그를 설득시켜서 집에 돌아왔는데 지금 생각하면 그것이 너무 가슴이 아파예. 제가 호스피스에 갔다가 집에 돌아오려고 병실을 나와서 문을 닫으면 제 마음이 얼마나 아팠는지 몰라예."

이제 그녀와 작별을 해야 할 것 같아서 "카드예요." 하며 그녀 자전거 뒤에 달려 있는 바구니에 소책자와 조의금, 그리고 카드가 들어 있는 봉투를 놓아 드리고 작별 인사를 드렸다. '자주 이분께 전화라도 해 드려야지.' 하고 생각했다.

집에 돌아와 늦은 점심 식사를 하고 있는데 전화 벨 소리가 울렸다. "여보세요?" 하며 수화기를 드니 저쪽 편에서 처음 듣는 목소리가 들리는데 한국말이었다. 누굴까? 목소리의 주인공을 머릿속에서 찾고 있는데 그녀가 "한나씨, 부의금을 왜 그렇게 많이 넣었어예?" 하고 묻는다. '아, 그분이구나' 하며 나는 "많기는요?

슬픔을 극복하시고 앞으로 좋은 글 많이 쓰세요." 하고 전화를 끊었다. 혹시 힘들거나 필요할 때 전화하시도록 내 전화번호를 카드에 적어 놓았는데 그날 바로 전화를 받은 것이다.

그녀 자신은 지금 비록 세상에서 가장 불행한 여인처럼 느낄지 몰라도 내게 그녀는 참 행복한 사람이라는 생각이 들었다. 한국인 여인이 독일인 남자와 인연을 맺어 자식도 없이 두 사람이 부부로 그렇게 오래 살면서 그리고 일 년 반이나 힘든 병 간호를 하였는데도 "그리 빨리 가실 줄 몰랐다."고 하며 "그 사람 참 좋은 사람이었다."고 한 달이 지나도록 줄곧 눈물을 흘리고 다닐 만큼 사랑하는 사람을 가졌다는 사실 하나 만으로도 그녀는 행복한 여인이 아닐까 싶었다.

이혼과 별거 등으로 온전한 가정이 점점 줄어드는 요즘 세대에 이분의 독일인 남편에 대한 사랑이 감동적인 순애보처럼 여겨졌다. 만 여든 한 살인 그녀의 남편보다 일곱 살이 적은 만 74세의 그녀의 쉴 새 없는 눈물은 진실한 사랑의 결정체로 보였다. 그녀가 눈물과 함께 내게 쏟아 낸 말들은 '남편과 내 가족들이 아직 내 곁에 있을 동안 잘 해 주어야겠네…' 하는 메시지로 내 마음에 파문이 되어 번져 왔다.

(그린에세이 2015년 1·2월호)

소중한 다리

시내를 걸어가고 있는데 앞에서 걸어오는 두 여자가 눈에 띄었다. 그들이 유난히 눈에 띄는 미인이어서가 아니었다. 그중 머리를 길게 늘어뜨린 이십 대 초반으로 보이는 한 여자의 두 다리가 곡선 모양으로 휘어져 있었다. 그 휘어진 두 다리로 그녀는 별 어려움 없이 열심히 걸어오고 있었다. S자처럼 휘어진 두 다리로 걸어가는 모습을 본 것은 난생처음이었다.

그 순간 '저 여자는 일직선인 두 다리로 걸을 수 있는 여자들을 얼마나 부러워할까?' 하는 생각이 스쳐 갔다. 마치 인어공주가 왕자와 결혼하기 위해 300년 된 자신의 목숨과 혀를 마녀에게 내어 주기까지 하며 미끈한 두 다리를 가진 인간의 모습을 동경했던 것처럼 무척 부러워할지도 모른다는 생각이 들었다. 그러고 보니 별 생각 없이 두 다리로 걸어 다녔던 것이 조금 미안한 생각이 들었다. 그리고 내가 원하는 곳으로 어디든지 가 주는 내 두 다리에 몹시 고마운 생각이 들었다.

거리에 나서면 종종 휠체어를 굴리며 지나가는 사람들을 본다. 옷 가게를 지나가다가 휠체어에 앉아서 옷을 고르는 중년의 여인, 가족이나 일정한 거처가 없는지 담요와 옷가지 등 작은 짐들을 휠체어 앞에 묶은 채 위태하게 찻길을 건너는 가난해 보이는 초로의 여인, 심지어 한쪽 다리가 없이 휠체어에 앉아 헐렁거리는 양복바지를 흔들며 지나가는 장년의 남자. 이들을 보면 곧은 두 다리를 가진 내가 그들에게 빚진 자임을 느낀다. 온전하지 않은 다리로도 저들은 열심히 살고 있는데 정상적인 두 다리를 가진 내가 저들이 닿지 못한 곳, 뛰어가지 못한 거리를 달려서 더 좋은 세상을 만드는 데 한몫을 해야 하지 않을까 하는 생각이 든다.

유럽의 경제 위기 가운데에서 아직 독일의 경제가 그중 제일 탄탄하다는데 그 독일의 경제를 맡고 있는 볼프강 쇼이블레 재무장관은 휠체어를 타고 다닌다. 당시 구 서독의 내무장관으로서 통독이라는 큰일을 치르고 나서 정치가로서의 입지를 굳히고 있을 무렵인 1990년 10월, 유세 도중에 한 정신 이상자의 불의의 총격을 받아 더 이상 두 다리로 서서 다닐 수 없게 되었다.

그는 항상 국민들 앞에 서야 하는 정치가로서의 삶에 치명적인 사건을 겪었지만, 정치가로서의 사명과 꿈을 버리지 않았다. 자신의 예견치 못했던 운명에 좌절하지 않고 그의 앞에 놓인 길을 꾸준히 걸어갔을 때, 그는 지난 2005년 메르켈 행정부의 내무장 관을 거쳐 2009년에는 유럽의 재정 위기를 극복하는 중추 역할을 하는 독일의 경제를 책임지는 경제 장관으로 우뚝 섰다. 비록 육 신의 두 다리는 온전하지 못하여도 그는 정신력과 사명감으로 어 느 정상적인 다리를 가진 사람들보다 더 큰 일을 하고 있다.

지난 9월 말, 가까이 지내던 독일인 여성이 이 세상을 떠났다. 아직 50세밖에 되지 않았는데 짧은 두 다리를 가지고 태어난 그녀 는 심장이 약하여 오래 걸으면 숨을 내몰아 쉬곤 했다. 또 다리가 또래 나이의 사람들보다 절반은 짧아서 뒤뚱거리며 걸었다. 그래 서 6개월마다 병원에 가서 심장 상태를 체크 받아야 했다.

그러나 그녀는 정상적인 독일 학생들에게도 그리 쉽지 않은 아 비투어(Abitur)를 마친 후에 대학에서 법학 공부를 마쳤고, 졸업 후에는 그 대학에서 교수들을 채용하는 서류 검사를 맡는 행정직 에 근무하며 그녀의 신실함과 투철한 책임감으로 교수들과 대학 직원들 사이에 좋은 영향력을 끼쳤다.

지난 10월 7일, 아담한 성당에서 열린 그녀를 위한 장례 미사에 독일의 여러 도시에서뿐만 아니라 미국, 프랑스, 벨기에, 스위스 등지에서 그녀의 가는 길을 동행하기 위해 그녀의 친구와 친지들 이 자동차로, 비행기로 오랜 시간이 걸리는 먼 거리를 달려왔다.

차를 마시며 그녀에 대한 서로의 추억과 기억을 나누는 자리에서 우리는 그녀가 비록 짧은 두 다리로 그들의 친지, 친구들보다 절반은 작은 체구였으나 정신적인 거인인 것을 깨달을 수 있었다. 외로운 자들의 말을 들어주는 다정한 친구였고, 비록 결혼을 하지 않고 자녀도 낳지 않았지만 슬픔과 절망에 있는 자들을 위로하고 격려하는 어머니 역할을 하며 살아왔다는 것을 알 수 있었다.

한국의 젊은 청년층 가운데 잘 알려진 영미문학자 서강대학교 장영희 교수도 생후 일 년이 지나 걸린 소아마비로 평생 목발을 양 겨드랑이에 끼고 절뚝거리며 다녀야 했다. 그 불편한 몸으로 그녀는 미국까지 건너가서 박사과정을 마친 후 한국에 돌아와 대학생들을 가르치는 교수의 삶을 살았다. 그뿐 아니라 오십 중반에 암에 걸렸지만 세상을 떠나기까지 쉬지 않고 글 쓰는 작가로, 또 20여 편의 작품을 번역하였다. 투병 중에도 젊은이들에게 꿈과 희망을 심어주는 에세이집, 산문집 등을 발간하였다. 첫 수필집 ≪라인강에서 띄우는 행복 편지≫(2010년)는 내가 지인으로부터 선물로 받았던 그녀의 산문집 ≪살아온 기적 살아갈 기적≫(2009년) 책을 모델로 삼아 그 책과 똑같은 아담한 크기로 만들었다.

아, 그러나 정상적인 다리를 가진 자들이지만 그 두 다리로 범죄의 길을 달려가는 사람들이 얼마나 많은가. 날렵한 두 다리로 열심히 땀 흘려 일하기보다 남의 집 담을 훌쩍 넘어 남이 평생

애써서 모은 재산을 훔쳐가는 자들이 얼마나 많은가. 아직 젊으면서도, 온전한 신체를 가지고 있으면서도 맡은 일을 열심히 하기보다 누워서 게으름을 피우는 자들도 많다. 평생 곧은 두 다리를 갈망하는 자들을 생각하면 정말 죄스럽고 부끄러운 일이다.

다리가 불편한 많은 이들을 생각하면, 지금까지 내 몸을 지탱해 주고 내가 원하는 곳으로 데려다 준 내 두 다리에 대해 새삼 고마운 마음이 든다. 내 모국인 한국에서 비행기로 10시간 이상을 타야 하는 먼 나라, 이제는 모국에서보다 더 오랜 세월을 살고 있는 제2의 고국이 된 독일로, 그리고 독일에 살고 있는 28년 세월 동안에 네덜란드, 헝가리, 체코, 오스트리아, 스위스 등 유럽 20여 개국 곳곳을 누비고 다니느라 내 다리는 정말 수고가 많았다.

그동안은 내가 두 다리를 끌고 다녔지만 앞으로 남은 날들은 두 다리가 나를 데리고 다닐 것 같다. 그동안 별 관심과 애정을 쏟지 않았던 내 다리에 감사하며 애정 어린 손길로 쓰다듬으며 앞으로 남은 날까지 함께 잘 지내며 좋은 일을 더 열심히 해 보자고 속삭여 본다. 또 설령 나이가 들고 병이 들어 한쪽 다리가 불편해지거나 양쪽 다리로 서지 못하는 날이 오더라도 앞서 모범을 보여 준 인생의 선배들을 본받아 더 치열한 정신으로 내 앞에 놓인 삶의 길을 끝까지 용기 있게 달려가자고 다짐해 본다.

(2014년 10월, 교포신문)

가장 밝은 눈

시내에서 한 젊은 여성을 보았다. 한 손에 잡은 지팡이로 길을 타닥타닥 두드리며 걷고 있던 그녀는 시각 장애인이었다. 짧은 금발 머리에 키가 늘씬한 이십 대 초반으로 보이는 여성인데 시내를 자주 나와 본 듯 거리낌 없이 지팡이 하나로 찻길을 건너면서 앞으로 전진하였다. 바쁜 시간 약속이 있는지 걸음걸이도 상당히 빨랐다.

그녀가 몇 개의 횡단보도를 건너가는 뒷모습을 보면서 자연스럽게 생각 한 줄기가 문장으로 만들어져 내 입 안에서 맴돌고 있었다. '눈을 가지고 있는 자들은 앞을 못 보는 모든 시각 장애인들에게 빚진 자들이구나.'

그들이 한번 눈을 번쩍 떠서 바라보고 싶어할 푸르고 높은 하늘과 평화로이 떠 있는 흰 구름, 훨훨 날아다니는 자유로운 새 등을 우리는 아무런 감격 없이 쳐다볼 때가 많다. 봄 여름 가을에 찬란하게 피어나는 향기로운 튤립, 백합, 장미, 해바라기, 코스모스들을 별 감동 없이 대하고 바라보기도 한다.

단 한 번이라도 눈을 뜰 수 있다면 사랑하는 어머니의 얼굴을 보고 싶어 했던 헬렌 켈러. 화창한 봄날의 햇빛과 은빛 비늘 떼로 밀리면서 쉼 없이 흐르는 강물, 사랑스러운 아기의 웃음, 자애로운 어머니의 미소, 우정 어린 친구들의 얼굴 표정을 그들은 한 번이라도 보고 싶지만 볼 수가 없다.

날마다 어두움의 세계 속에 살아야 하는 그들에게 우리는 볼 수 있는 특권을 가진 자들이면서 동시에 그들에게 큰 빚을 진 자들이다. 소중한 눈을 악한 것이나 나쁜 목적으로 사용한다면 그들에게 더욱 큰 죄를 짓는 일이 되리라. 그들이 볼 수 없는 것들을 그들의 몫까지 보아서 그들에게 도움과 유익이 되는 일들이 일어날 때 볼 수 있는 자로서의 책임을 다하는 일일 것이다.

사람의 눈을 깊이 쳐다보면 그 마음이 읽힌다. 거짓을 말하는 불안한 눈, 미움을 분출하는 분노의 눈, 우울과 슬픔에 잠긴 힘 없는 눈, 나쁜 욕심으로 뿌옇게 보이는 눈, 아집에 사로잡힌 붉은 눈들을 씻어 내어 호수같이 맑은 눈, 밝은 빛을 뿜어내는 눈을 가져야 하지 않을까. 그러기 위하여 마음을 부지런히 닦아 내는 일을 하여야 할 것이다. 눈은 마음의 창, 영혼의 창이므로.

눈으로 볼 수 없는 시각 장애인이지만 눈을 가진 자들보다 훨씬 위대한 일을 한 분들이 많이 있다. 화니 크로스비(Fanny Jane Crosby, 1820~1915)는 생후 6개월에 시력을 잃게 되었으나 그녀의 95년 생애 가운데 8천 편 이상의 찬송시를 지었다. 그녀는 자신의 핸디캡을 핸디캡으로 여기지 않고, 오히려 눈으로 볼 수 없었기 때문에 마음의 시, 영혼의 시를 지을 수 있었음에 감사함으로써 그녀의 운명적이라고 볼 수 있는 슬픈 삶을 오늘날에도 많은 사람들에게 용기와 영감을 불어넣어 주는 감동적인 삶으로 변화시켰다.

오늘날까지 널리 알려진 찬송가 가사 중에 〈나의 달려갈 길 다 가도록〉, 〈인애하신 구세주〉, 〈이 몸의 소망 무엔가〉 등 심금을 울리는 그녀의 찬송시가 많이 남아 있다. 날마다 어두움의 세계에 갇혀서 이 세상의 그 많은 볼거리 중에서 볼 수 있는 것이 아무것도 없지만 그녀의 영혼의 눈, 마음의 눈은 늘 깨어 빛났던 까닭이리라.

하루 아니 몇 시간만이라도 눈을 감고 집 안이나 밖에 나가는 기회를 가져보자. 그러면 눈을 뜨고 살아간다는 사실 하나만으로도 모든 불평이나 불만을 이겨내고 감사한 마음을 가질 수 있을 것이다.

화니 크로스비처럼 나의 아픔과 고통을, 다른 사람들의 아픔과 고통을 더욱 깊이 이해할 수 있는 위로와 이해의 통로로 삼을 때 그녀와 같은 영향력 있고 감동적인 삶을 살게 되지 않을까. 나만의 이기적인 즐거움과 욕심만을 위하여 나의 눈을 사용하는 것이 아니라 고통 받는 자들과 아픈 자들, 위로가 필요한 자들을 보고 그들의 밝은 눈이 되어주는 삶을 위하여 오늘 작은 시작을 해 보면 어떨까. 내게 주어진 크고 작은 고통과 시련의 아픔은 더 깊이 있고 넓이 있는 인생으로 가는 통로라는 생각을 하면서….

사마천의 인류 최대의 역사서, ≪사기(史記)≫

일본의 저명한 작가 아사다 지로가 가장 감동받은 책으로 꼽은 책은 사마천의 ≪사기≫였다. 그는 이 책에 대하여 '정말 재미있다. 매우 감동적이다. 내 소설을 쓰다가 막히면 들여다본다. 해답 하나가 거기에 있다.'라고 호평하였다고 한다.

한국 문단의 거목으로 인정받는 박경리 작가도 가장 존경하는 인물로 '사마천'을 꼽았다. 박 작가는 결혼 5년 만에 한국전쟁 중에 좌익으로 몰렸던 남편을 잃고, 이어 세 살짜리 아들까지 하늘 나라로 보내는 견디기 힘든 슬픔과 아픔을 겪어야 했다. 그러나 이러한 개인적인 시련과 고통뿐 아니라 한국의 근대화, 현대화에 이르는 파란만장했던 격동의 시대를 뛰어넘어 대하소설 ≪토지≫를 집필하였다. 인고의 세월 24년에 걸쳐 완성한 ≪토지≫ 16권을 한국 문학의 빼어난 유산으로 남겨 놓았다. 박 작가는 '온 생의 무게를 펜 하나에 지탱한 채 사마천을 생각하며 살았다.'라고 고백한 적이 있다고 한다.

중국 역사서의 대명사인 ≪사기≫는 인간 본질에 대한 뛰어난 탐구로 역사상 가장 훌륭한 역사서이며 인간학의 총서로 꼽히며, 중국에서 '태사공서(太史公書)'라고 불린다. 전한 시대에 중국 삼서성 한성에서 출생한 사마천(B.C 145~86)은 주나라 사관(史官)을 지낸 사마 가문의 후손이었다. 아버지 사마담도 역사를 기록하는 사관이었는데 그는 당시 사관의 직책이 천시되고, 옛 기록이 사라지는 것을 안타까워하였다. 그는 아들 사마천이 역사가로 성장할 수 있도록 다양한 지식과 견문을 쌓도록 하였다.

사마천은 스무 살 때 3년 동안 중국 각지를 여행하며 견문을 넓혔다. 이 경험이 바탕이 되어 ≪사기≫에 등장하는 인물들은 마치 오늘날에도 살아 있는 인물인 것처럼 생생하고 그 이야기들이 드라마틱하다.

그는 서른여섯 살에 ≪사기≫ 집필의 대업을 이루기로 결심하였다. 아버지 사마담은 사마천에게 역사를 집필하라는 유언을 남겼다. 사마천은 서른여덟 살에 아버지의 대를 이어 사관인 태사령, 즉 천문을 관측하고 역을 만들어 문헌 등을 관리하는 직책에 임명되었다. 그는 B.C 99년, 흉노족과 싸우던 중에 투항한 이릉 장군을 무제 앞에서 변호하다가 무제의 노여움을 사서 궁형(거세형)에 처해졌다. 당시 궁형은 치욕의 형벌이라서 형을 받기보다 자결하는 것이 상례였다고 한다.

그러나 그는 자신의 일생의 과업으로 삼고 쓰기 시작하였던 ≪사기≫를 마치기 위하여 그러한 치욕을 감수하였다. 그는 2년의 형을 마친 후에 한무제 유철의 곁에서 환관 생활을 하며 다시 신임을 얻었고, 후에는 중서령이라는 환관 최고의 직책에까지 올랐다. 한무제 시대에 문서를 다루는 직책인 중서령으로 있으면서 환관으로서의 모든 수치심과 모멸감을 뛰어넘고 이 역사서를 쓰는 일에 몰입하여 아버지의 유언이 있은 후 20년 만에 마침내 이 필생의 역작을 완성하였다.

그가 쓴 ≪사기≫는 상고시대인 황제로부터 기원전 95년 한나라 무제 2년까지 약 3천 년에 이르는 역사를 다루고 있다. 모두 130편 52만 자 이상 되는 역사책으로서 고대 문헌 중에서 알기 어려운 글들을 알기 쉽게 고쳤다. 그리고 인물 형상과 이야기들을 역동적이고 선명하게 훌륭한 문체로 그려서 역사서일 뿐만 아니라 뛰어난 문학 작품에 들어가기도 한다. 이 책은 제왕들의 역사를 기록하고 있는 〈12본기(本紀)〉, 연대기에 해당하는 〈10표(表)〉, 각종 제도와 문물의 연혁을 기록한 〈8서(書)〉, 제후국들의 권력 승계 및 역사를 기록한 〈30세가(世家)〉, 역사 속 인물들에 관한 기록인 〈70열전(列傳)〉 등 5부로 나뉘어 구성되어 있다.

사마천의 역사관, 세계관, 인간관이 총집결되어 있는 〈70 열전

〈列傳〉은 다양한 인물들에 대한 이야기가 기록되어 있으며 '≪사기≫의 백미'라고 불린다. 70 열전이라고 하지만 이 열전 속에 등장하는 인물은 수천 명에 이른다. 그중에는 노자와 장자, 맹자와 순자와 같은 존경받는 성인이나 위인들뿐만 아니라 권력에 기생하여 자신의 영달을 추구하려던 환관과 외척들, 기지와 해학이 넘쳤던 인물들과 포악한 관리들에 관한 기록도 있다. 또 자객과 협객 등 정사와는 거리가 먼 야사의 인물도 다루고 있다.

요즘 각광 받고 있는 스토리텔링(Storytelling)이다. 스토리가 있는 이야기 역사이기 때문에 시대를 뛰어넘고 인종을 뛰어넘어 재미와 공감, 감동을 주는 세계인의 고전이 되었다. 그것은 ≪사기≫의 저자 사마천 자신의 삶 자체가 시대와 인종을 뛰어넘어 큰 감동을 주기 때문이기도 하다.

궁형을 당한 후 환관으로 일하면서 ≪사기≫의 저술에 몰두하였던 그는 자신의 절절한 고통과 아픈 심정을 그와 교분이 있던 임안에게 보내는 편지에 생생하게 써서 보냈다. 임안은 당시 반란 사건에 연루되어 사형 판결을 받고 집행을 기다리던 한나라 무제 때의 장군이었는데, 그를 위로하고자 보낸 편지에 그의 심정을 토로한 것이다.

… 옛날부터 부귀하게 살았지만 그 이름이 흔적조차 사라진 사람은

무수히 많습니다. 오직 어디에도 얽매이지 않으면서 탁월한 인물만이 후세에 그 명성을 드날리는 법입니다. 주나라 문왕은 갇힌 몸이 되어 ≪주역≫을 발전시켰고, 공자는 어려운 처지에 놓였을 때 ≪춘추≫를 지었습니다. 저는 이 작업을 통해 천도와 사람의 관계를 연구하고 역사적 변천 과정을 통달하여 마침내 하나의 일가견을 이루고자 했습니다.

그런데 이 작업을 시작한 지 얼마 되지 않아 뜻밖의 재앙을 만나게 되었던 것입니다. 그리하여 극형을 받았으면서도 태연스럽게 살아남으려 했던 것은 이 저술이 완성되지 못함을 안타깝게 생각했기 때문입니다. 만일 이 저술이 완성되어 명산에 보관되고 각지의 선비들에게 전해질 수 있게 된다면, 저의 치욕도 충분히 씻겨질 것이라 생각합니다. 설사 이 몸이 산산이 부서진다 해도 무슨 후회가 있겠습니까?…

그는 ≪사기≫를 완성한다면 자신의 몸이 산산이 부서진다 해도 후회가 없으리라고 썼다. 그는 ≪사기≫를 완성시키겠다는 일념으로 치욕을 뛰어넘고 치열한 삶을 살았다. 그렇기 때문에 오늘날 사마천은 궁형에 처해질 만한 죄인이 아니라 세계인들에게 역사를 통하여 삶의 지혜를 가르치는 인간학과 역사학의 보고(寶庫)를 남긴 인류의 은인이며 위인으로 남게 되었다.

수년 전, 한국에 있는 남동생으로부터 ≪사기≫ 1, 2, 3 세 권을 선물로 받고 재미있게 읽었던 기억이 있다. ≪토끼 사냥이 끝나면 사냥개를 잡아 먹는다≫ ≪진실로 용기 있는 자는 가볍게 죽지 않는다≫ ≪참으로 곧은 길은 굽어 보이는 법이다≫(사마천 지음, 김진연 편역)라는 제목의 책들이었다.

그 당시에는 저자 사마천이 어떠한 고통 속에서 이 책을 썼는지 모르고 읽었다. 삶과 죽음을 넘나드는 고통 가운데 사마천이 쓴 이 책을 다시 한번 읽어 보고 싶은 마음이 들어 서가의 다른 책들 사이에 묻혀 있던 책 세 권을 꺼내 놓았다. '만 권의 책을 읽고 만 리를 걸으라'는 중국의 격언을 떠올리며 책 속에 숨겨져 있는 3천 년에 이르는 역사의 길을 걸어가며 삶의 지혜를 얻는 즐거움을 누려 보리라는 기대감을 가지고….

명성 황후와 피겨 스케이팅

1894년, 한국을 네 차례나 방문했고 후에 한국에 대한 책 ≪한국과 이웃 나라≫를 썼던 영국의 이사벨라 버드 여사는 조선조 고종의 황후인 명성 황후 민 씨와 함께 서울 경복궁에서 피겨 스케이팅을 관람하게 되었다. 명성 황후는 젊은 남자와 여자 두 사람이 서로 손을 잡았다 떼었다 하면서 얼음 위에서 스케이팅을 하는 모습을 보면서 당시 전통이나 도덕관에 맞지 않았던 이 새로운 운동 경기를 마땅치 않게 여겼다고 한다.

이 피겨 스케이팅은 1891년 유럽에서 제1회 피겨선수권대회가 열렸고, 1896년에는 러시아에서 제1회 세계피겨선수권대회가 열리면서 널리 알려지게 되었다. 그리고 1908년 세계올림픽대회에서 처음으로 선을 보였고, 1924년 동계 올림픽에서 대표적인 경기 종목으로 채택되었다고 한다.

대한제국 마지막 황제 부부인 고종과 명성 황후 앞에서 시연되었던 피겨 스케이팅. 그로부터 약 100여 년이 지나 한국이 피겨 스케이팅 분야에서 세계의 주목을 받기 시작하였다. 2004년부터 김연아 선수가 주니어 그랑프리에서 세계 2위를 한 것을 시작으로 2005년부터 매년 주니어 대회, 시니어 대회 등에서 금메달을 땄다. 그리고 마침내 2010년 캐나다 벤쿠버에서 열렸던 동계 올림픽대회에서 김연아 선수가 금메달을 목에 걸어 온 국민들에게 큰 감동을 안겨 주었다.

이로써 한국이 세계에 피겨 강국으로 자리매김하였다. 한국의 김연아 선수가 세계의 쟁쟁한 선수들을 제치고 '피겨의 여제'라는 영광스러운 칭호를 받게 되리라고는 아무도 예상하지 못한 일이었다. 김연아의 피겨 스케이팅 올림픽 경기를 보고 미국의 힐러리 클린턴 장관도 찬사를 보냈으며, 많은 시인들이 김연아의 경기 모습을 주제로 한 시 작품들을 썼다.

올 3월, 하노버에서 열렸던 CeBit 박람회에 다녀왔을 때이다. 기계에 큰 관심은 없지만 새로운 IT 제품들을 통해 변화하는 세계의 단면을 볼 수 있는 호기심으로 박람회장을 곳곳마다 둘러보았다. 특별히 책을 스캔할 수 있는 다양한 기계 제품들이 눈을 끌었다. 그 스캐너만 있으면 책이나 자료에 들어 있는 사진과 함께 쉽게 그대로 복사할 수 있어서 여러 참고 문헌이나 자료가 필요한 연구소나 학자, 작가들에게 좋은 기계 도우미가 될 것 같았다. 그러한 기계 한 대는 수만 유로를 지불해야 하기에 눈으로만 보고 지나쳐야 하였다. 삼성전자 전시관도 둘러보고 한국의 중소 기업들이 진출한 한국관도 둘러보았다.

독일 전국과 유럽에서 몰려온 IT 기업들과 IT 전문가들, 바이어들로 박람회장은 몹시 붐볐다. 곳곳에는 대형 스크린에 중요한 정보를 보여 주고 알리는 프리젠테이션을 하며 신제품이나 IT 관련 세미나들도 열려서 의자나 소파에 둘러앉아 강의를 열심히 경청하는 방문객들도 눈에 띄었다.

박람회장을 둘러보는데 큰 칸막이 벽에 빽빽이 써 놓은 글이 내 눈길을 끌었다. 한쪽 벽 가득 독일어로 쓰여진 글을 읽어 가다가 주제에 해당하는 문장을 주목하게 되었다. "비평가들은 새로운 것, 평범하지 않은 것에 대해 거부하듯이 반응한다. 그러나 새로운 것, 평범하지 않은 것만이 세상을 변화시킨다. 새로운 것은 친구를 필요로 한다. 누구나 친구가 되려고 하지는 않는다. 그러나 어디서나 친구는 태어난다."는 글이 한쪽 벽 가득 써 있었다.

낡고 오래된 기존 전통 세력에 도전하는 새로운 것의 힘이 결국 세계를 변화시키는 원동력이 되어 왔음을 역사의 흐름을 지켜보면 알 수 있다. 그럼에도 불구하고 늘 새로운 것에 대한 거부와 방해가 따르기 마련인 것을 우리는 또한 보고 겪어 왔다.

시대를 앞서서 새로운 것을 생각하고 준비하며 실천하는 많은 사람들이 기존 전통을 고수하려는 세력 앞에 좌절하거나 시기, 모함을 당한다. 그러나 전통과 조직, 시스템, 기존 상식 등을 굴복하지 않고 이러한 것들을 초월하여 미래의 시대를 내다보며 새로운 것, 통상적인 것이 아닌 비범한 것을 준비해 나가고 만들어 내는 창조적인 소수가 결국 세계를 변화시키는 것을 우리는 보아 왔다.

1980년대 컴퓨터와 PC 시대를 열었던 빌 게이츠의 마이크로소프트사, 1990년대 디지털 카메라 시대, 2000년 이메일 시대, 핸드폰 시대, 2010년 이후 삼성과 스티브 잡스의 애플사를 통한 아이패드, 삼성과 엘지 등 한국 기업의 효자 상품이 된 스마트폰 시대, 미국 저지 버그의 페이스북, 구글 네비게이션 시대는 과히 IT 정보 혁명의 시대를 찬란히 열었다.

기계치에 가까웠던 나도 날마다 이메일과 카톡, SMS를 사용하며 한국이나 미국, 유럽 등 세계에 흩어져 있는 가족들, 친구들과 소통을 하고 있다. 인류의 유익과 발전을 위한 새로운 것에 대한 도전은 끊임없이 개발되어야 하고 새로운 것을 지지하는 친구들이 곳곳에서 계속 탄생하게 될 것이다.

전통과 타성과 명분에 매여 있는 기업이나 단체, 개인에게 성장과 발전을 기대하기 힘들다. "자신의 아내만 제외하고 모든 것을 다 바꾸어라." 하고 외쳤던 삼성의 이건희 회장의 철학과 변화와 혁명에 대한 유연한 자세와 미래를 향한 비전 전략이 오늘날의 세계 일류 기업 삼성을 만들었다. 삼성이 오늘날의 삼성이 된 것은 누가 뭐래도 늘 새로운 것, 통상적이지 않은 비범한 것을 추구하는 이건희 회장의 배우고 수용하는 마음, 전통과 조직과 타성을 고집하지 않는 유연성에서 나왔다고 볼 수 있다.

변화보다 안주를 원하고, 성장통을 겪지 않고 안정을 추구하는 타성을 날마다 깨고 부지런하게 시대의 흐름을 파악하고 앞서 준비하는 자들에게 당장은 손해나 멸시나 모함이나 비판이 따르기 쉽다. 그러나 이에 좌절하거나 굴복하지 않고 미래와 인류의 유익을 내다보며 꾸준히 새로운 것을 개척해 나갈 때, 역사는 결국 그들 창조적인 소수의 손을 들어 줄 것이다.

첫 손자의 동물원 나들이

큰아들 내외의 결혼 2주년 기념일이 마침 5월 성령강림절 공휴일이었다. 큰아들은 모처럼 그동안 첫 아기를 키우느라 애쓰고 또 얼마 전에 두 번째 아기를 임신한 아내를 위해 두 사람의 조용한 시간을 가지고 싶은 생각도 있는 듯하였다. 그런데 며느리가 부모님과 첫 아기와 같이 동물원에 가면 좋겠다고 하여 15개월이 지난 손자와 함께 첫 동물원 나들이를 하는 데 가족들의 의견이 모아졌다.

남편과 내가 자동차 앞 좌석에 타고 뒤 좌석에 아들 내외와 손자가 앉아서 약 40분 걸리는 프랑크푸르트 근처의 크론베르크 (Kronberg)에 위치한 동물원을 향해 달렸다. 어느새 'Opel-Zoo' (오펠 동물원)이라고 쓴 큰 표지판이 걸린 동물원에 도착하였다. 이 동물원은 지금은 GM 자동차 회사에 인수되었지만 독일에서 유명하였던 오펠 자동차 회사를 세운 아담 오펠(Adam Opel)의 손자인 Georg von Opel(1912~1971)이 만들었다. 동물원 입구에는 그를 기념하여 세운 동상이 세워져 있었고, 동물원을 들어오고 나가는 어린이들이 Georg von Opel 동상과 함께 만들어진 말 위에 타고 부모들과 함께 즐겁게 사진을 찍는 모습을 볼 수 있었다.

1955년부터 초기에 코끼리, 메소포타미아의 세 마리 사슴, 한 쌍의 기린으로 시작된 이 동물원은 현재 200여 종류의 동물 천여 마리가 있다. 매년 약 50만 명이 방문하며 가족들과의 즐거운 추억을 만들고 있는 독일의 대표적인 동물원으로 발전하였다. 동물원 안에 어린이를 위한 꽤 큰 규모의 놀이터도 마련되어 있어서 어린이들과 함께 하는 가족들의 나들이 장소로도 안성맞춤이다.

우리가 살고 있는 마인츠에서 한 시간도 채 걸리지 않는 가까운 곳이라 점심 식사를 하고 여유 있게 떠나서 오후 3시경에 도착하였다. 일찌감치 아침부터 이곳에 온 젊은 부부들은 유모차에 아기들을 태우고 혹은 어린아이들의 손을 붙잡고 벌써 집에 돌아가는 사람들도 많았다.

막내로 태어난 딸이 네다섯 살 정도였을 때 이곳에 와 보고 처음 오는 것이니 15년이 지나서 이 동물원을 다시 찾은 셈이었다. 그래서 그런지 예전에는 본 기억이 없는데 크게 단장된 코끼리 우리도 처음 본 것 같았고 목이 우아하게 긴 기린들도 새롭게 보는 것 같이 신기하였다. 마치 어린아이로 되돌아간 듯이 어린 손자의 눈처럼 나도 신기한 눈을 두리번거리며 동물들을 구경하였다.

입구로 들어가서 가까운 곳에 따로 크게 지어 놓은 코끼리 우리가 있는 곳으로 들어가니 입구에서부터 냄새가 확 끼쳤다. 두 마리의 큰 코끼리가 운동장만한 우리 안에서 어슬렁거리며 바닥에 쌓여 있는 풀을 먹고 있었다. 길다란 코끼리 코를 바닥까지 내밀어 풀을 쓸어 담아 입으로 올려 풀을 씹어 먹는 모습을 가까이에서 보는 것은 처음이었다. 저렇게 큰 코끼리를 아프리카나 아시아에서 어떻게 독일까지 실어 올까 싶을 정도로 코끼리의 몸집이 대단하였다. 바닥을 딛고 서 있는 네 발과 발굽도 작은 회색 바윗돌처럼 단단해 보였다. 아시아 코끼리는 3~5Kg에 달하고 아프리카 코끼리는 7Kg에 달하기도 한다는 설명이 코끼리 그림과 함께 벽에 붙어 있었다.

새나 염소, 기린, 타조 등 동물들의 우리마다 그 동물들의 후원자들이나 회사, 단체 명이 기록되어 있어서 이 동물원이 시에서 운영하는 것이 아니라 후원사들의 후원으로 운영되는 것임을 알 수 있었다. 동물을 사랑하고, 어린이들을 사랑하는 많은 사람들의 마음과 정성이 지난 50년 이상 쌓여져 지금까지 운영되는 동물원이다.

프랑크푸르트 시내에도 큰 규모의 동물원이 있지만 이 오펠 동물원은 자연 그대로를 살려서 울창한 나무들이 있는 산 언덕에 동물 우리들을 만들어 놓았다. 그리고 이 동물원을 찾는 어린이들과 가족들에게 자연과 동물에 대한 동심을 불어넣어 주는 곳이다.

나중에 손자가 크면 추억할 수 있도록 코끼리를 배경으로 아들이 아이를 품에 안고 찍었다, 다음에는 부모와, 그 다음에는 할아버지, 할머니와 차례로 증명 사진을 찍었다.

손자는 유모차에 앉아 동물원을 한 바퀴 돌면서 신기한 눈으로 동물들을 관찰하였다. 크고 작은 동물들을 무서워하는 기색이 전혀 보이지 않았다. 염소들이 뿔을 흔들며 울타리 쪽 유모차에 앉은 손자에게 가까이 다가와도 좋아하며 반기는 웃음을 지었다.

타조와 부엉이, 노루, 캥거루 등 그림책에서만 보던 동물들을 신기한 듯이 조그만 눈으로 쳐다보는 손자보다 옆에 따라다니는 부모나 할아버지, 할머니가 더 열심히 동물들을 구경하였다. 중간에 동물들을 배경으로 사진도 여러 장 찍느라 동물원을 한 바퀴 돌아 나오니 거의 두 시간이 걸렸다. 몇 달 후에 동생이 태어나면 아무래도 관심과 사랑이 반으로 줄어들 것이다. 아직 사랑을 독차지할 수 있을 때 동물원 나들이를 다녀오고 증명 사진도 찍어준 것이 잘한 것 같다는 생각이 들었다.

지난해 우리가 사는 도시로 이사 온 큰아들 내외가 우리 부부와 함께 마인츠에서 보내는 첫 결혼 기념일이기도 한 이날에 첫 손자도 처음으로 동물원 나들이를 해보고, 손자 덕분에 나도 어릴 때가 보지 못하였던 동물원 구경을 잘 하였다. 코끼리가 커뮤니케이션을 잘하는 동물이라는 것도 배우고 부엉이가 지혜를 상징하는 새인 것도 배우면서 좋은 자연 학습 체험을 하였으니 일석이조(一石二鳥)보다 더 좋았던 일석삼조(一石三鳥)의 날을 보낸 셈이다.

3대 가족이 가질 수 있는 즐거운 추억의 장소를 마련해 준 데 대한 고마운 마음에 동물원을 나오면서 나도 Georg von Opel 동상 앞에서 사진 한 장을 찍었다.

참 위로

신약성경 누가복음 7장에 한 과부의 슬픈 이야기가 나온다. 이 과부에게 외아들이 있었는데 어떤 병 때문이었는지 먼저 죽게 되었다. 남편을 잃고 외로움과 슬픔 가운데 살던 과부에게 이 외아들은 유일한 삶의 의미였을 것이다. 아들만 바라보고 삶의 기쁨과 기대를 가지고 살았던 이 여인에게 청천벽력 같은 아들의 죽음은 그녀를 한숨과 좌절, 회한과 쉬지 않는 고통 가운데로 몰아넣었을 것이다. 장례식에서 아들이 누워 있는 관을 바라보며 하염없이 눈물을 흘리는 과부에게 어느 누구도, 어느 것도 진정으로 위로가 될 수 없었으리라.

그녀가 소문으로 예수님의 부활의 능력에 대하여 설사 듣기는 하였을지 몰라도 깊은 슬픔에 잠겨 미처 간청하지도 못하였는데, 예수님은 그녀에게 진정한 위로의 말씀을 해 주셨다. "울지 마라." 하염없이 우는 이 여인에게 울지 말라고 하신 것은 그녀의 슬픔의 원인을 해결해 주실 것이라는 그의 의지를 나타내고 있다고 생각된다.

그리고 그는 시선을 관 속에 누워 있는 청년에게 향하여 외쳤다. "청년아, 일어나라." 생명을 창조하신 생명의 주관자의 말씀은 영혼이 떠났던 청년에게 다시 생기를 불어 넣어 관 속에 누워 있던 그가 다시 살아 일어났다. 죽었던 자가 일어나 앉고 말도 하였다고 성경은 기록하고 있다. 예수님은 그를 어머니에게 주셨다고 덧붙여 기록되어 있다.

죽었던 외아들이 살아서 어머니의 품에 돌아오게 되었다. 잃었다고 생각하였던 아들이 다시 살아온 그 기쁨, 그 놀라움, 그 감사의 마음을 평생 안고 그 여인은 생명의 주관자, 완전한 위로자 예수님을 의지하는 생명의 삶을 살았을 것이다.

아들을 의지하며 살았던 과부처럼 우리도 우리의 낙과 기쁨의 대상이 되는 것을 의지하고 살다가 어느 날 갑자기 예상치 않게 이 의지의 대상을 잃게 되면 삶의 의미나 기쁨을 잃고 죽음의 행렬에 따라갈 수밖에 없다. 명예를 붙들고 살던 사람이 이 명예를 송두리째 빼앗길 때, 혹은 부를 쌓기 위해 평생 고생하던 사람이 하루아침에 부를 잃어버릴 때, 사랑하고 아끼던 가족이나 자녀, 연인, 친구를 잃었을 때 삶의 낙이나 의미를 잃고 절망의 깊은 늪에 빠지기 쉽다.

살아 있다 할지라도 진정 살았다고 할 수 없는 내면의 절망감과 무기력 가운데 사는 자들이 얼마나 많은지 모른다. 그들은 회한과 슬픔, 고뇌 속에서 날마다 죽음의 맛을 보며 살아가기가 쉽다.

어느 누구도 남편과 아들을 잃은 과부를 참으로 위로해 줄 수 없었던 것처럼, 절망과 슬픔과 괴로움의 어두운 인생 터널을 지나는 우리를 진정으로 위로해 줄 사람은 그리 많지 않다. 완전한 위로자가 될 수 있는 분은 생명의 주관자, 이 세상의 보이지 않는 주관자 하나님의 본체이신 예수 그리스도 주님이신 것을 성경은 말해 주고 있다.

살 소망이 거의 끊어질 만큼 말할 수 없는 고난과 육체의 고통, 핍박 가운데 있던 사도 바울은 그러한 고난 가운데에서 위로의 하나님을 만나고 "그리스도의 고난이 우리에게 넘친 것같이 우리가 받는 위로도 그리스도로 말미암아 넘치는도다."라고 하며 '모든 위로의 하나님'(고린도후서 1장 3~5절)으로 고백하고 있다.

다윗도 사울 왕에게 평생 생명의 위협을 받아 피신 생활을 해야 했다. 그렇지만 이러한 억울하고 고통스러운 피신의 삶을 통해 약하고 힘없고 억울한 자들을 이해하고 위로하는 좋은 친구이며 목자가 되었다. 그래서 같은 처지에 있던 400여 명에 이르는 동지를 얻을 수 있었다. 이들이 후에 다윗을 왕으로 추대하는 큰 힘이 되었다.

사심 없이 봉사하던 한 단체에서 몇 사람의 모함을 받고 십 년 이상의 모든 수고와 명예가 무너지는 일을 겪었다. 내 인생에 처음 당해 보는 너무 어이없고 억울한 일이어서 정신적인 충격을 크게 받았고 마음이 고통스러웠다. 그제서야 이 세상에는 억울한 일을 당하는 약자들이 많다는 생각이 들었고 그들의 고통과 아픔을 조금이나마 이해할 수 있게 되었다.

다윗이 사울 왕에게 쫓기는 일을 당하지 않았더라면 삶과 영혼의 고통 속에서 절절히 구원자에게 기도한 심금을 울리는 시편을 쓰지 못하였을 것이다. 그리고 400여 명의 억울한 사람들의 진정한 위로자가 될 수 없었을 것이다.

억울한 일을 당하고 나서 우연치 않게 내 주위에 나보다 더 억울한 일, 슬픈 일을 당하고 괴로워하는 친구들이나 이웃을 만나게 되었다. 만일 내가 그러한 고통을 당해 보지 않았더라면 그들에게 해 주는 위로의 말이 내 깊은 진정한 마음에서 나오지는 못하였을 것 같다. 그러나 이제 그들의 말이나 마음을 이해할 수 있고 그들의 아픔과 고통을 이해하고 나누는 친구와 이웃이 되고 싶은 마음에서 우러나는 위로를 해 줄 수 있었다.

인생의 장거리 경주를 할 때 지쳐서 중간에 주저앉고 싶거나 방해물로 지체해야 할 경우도 생긴다. 무엇보다도 내적인 좌절감,

고통 등이 따르면 더욱 포기하고 싶은 생각에 사로잡힌다. 이때 그 슬픔과 절망을 같이 아파하고 격려해 주는 가족이나 친구, 동료들의 위로는 다시 일어나 달릴 수 있는 힘을 불어넣어 준다.

그러나 가족이나 친구, 동료들도 나의 인생길을 온전히 동행하면서 매번 나를 도와줄 수는 없다. 내가 스스로 일어나는 법을 배워야 한다. 참 위로는 나의 생명의 주관자가 되시는 주님의 위로를 의지하는 것이다. "나의 힘이신 여호와여, 내가 주를 사랑하나이다. 여호와는 나의 반석이시요 나의 요새시요 나를 건지시는 이시요 나의 하나님이시요 내가 그 안에 피할 나의 바위시요 나의 방패시요 나의 구원의 뿔이시요 나의 산성이시로다"(시편 18편 1~2절)라고 시편 기자는 고백하고 있다.

나인성 과부의 슬픔과 아픔을 아신 예수님, 그의 관심은 죽은 청년에게보다 비록 살아있기는 하지만 죽은 자와 같이 삶의 희망을 잃고 눈물과 슬픔과 고통으로 장례식의 행렬, 죽음의 행렬을 따라가는 과부에게 있었다. 우리가 삶의 낙으로 삼던 자녀들, 남편이나 아내, 직장, 친구, 부와 명예, 권력, 사랑…. 이러한 것을 잃을 때 우리 자신의 삶의 의미도 같이 잃어버린 채 장례의 행렬, 죽음의 행렬에 따라가기 쉽다.

그러나 바로 이러할 때 나의 슬픔과 고통을 위로하고 내게 새 생명을 주실 주님을 바라보고 의지하며 참 위로를 얻어야 한다.

그 참 위로를 공급받을 때, 다른 고통 받고 상처받은 자들을 위로하는 위로자의 삶을 살 수 있을 것이다.

내가 고통과 슬픔을 당해 보니 그동안 잘 보이지 않았던 고통과 슬픔과 억울한 일을 당하며 살고 있는 많은 자들이 내 눈에, 내 가슴에 들어오기 시작했다. 좁았던 내 삶의 폭이 넓어졌다. 다른 이웃들을 위로할 수 있는 위로자의 삶을 살기 시작하였다. 자신이 붙들고 집착하던 대상을 잃을 때, 인생에서 더 많은 것을 얻을 수 있는 진리를 배운 셈이다.

내가 모함을 받고 보니, 27년간 감옥 생활을 해야 했던 넬슨 만델라 남아공 대통령, 18년간 강진에서 유배 생활을 해야 했던 조선 후기 최고의 지식인 정약용, 조선 최고의 명장 이순신 장군이 조정 대신들과 원균의 모함과 탄핵, 좌천 등의 고난 가운데서도 좌절하지 않고 자신에게 주어진 시대의 사명을 끝까지 이루어 낸 삶이 훨씬 위대해 보였고 아름다워 보였다.

그리고 비록 십 년 동안의 수고와 명예를 잃었지만, 이 세상에는 억울한 일, 모함을 받는 약자들이 강자들보다 훨씬 많고, 인류의 역사가 모함과 배신과 음모 속에서 이루어지고 있다는 것을 배우는 값비싼 인생 공부, 역사 공부를 한 셈이었다. 이러한 고통 가운데 〈테니스 경기〉라는 시를 쓰면서 내 시에 쓴 적이 없었던 '속임수', '음모'라는 말이 들어간 시 몇 줄을 얻었다.

......

오른 쪽으로 들어올 듯 하다/ 왼쪽으로 날아오는 저 황당한 기습,/ 앞쪽으로 들어올 듯하다 뒤로 멀리 떨어지며 비웃는 공./ 음모와 비웃음, 속임수는/ 둥그런 공에 묻어 늘 따라오지.

출렁거리는 네트는/ 넘실거리는 도전의 파도,/ 세고 약한 공의 강약은/ 다가오는 도전의 강약.
......

(졸시 〈테니스 경기〉 중에서)

(2015년 5월)

독일에서 30년을 사셨네요

1985년 10월 11일, 푸른 청춘의 나이에 처음으로 밟아 본 외국 땅, 독일에 도착하였지요. 결혼한 지 2년 반 만에 젊은 아내, 그리고 20개월 된 첫아들을 한국에 남겨 놓고 비행기를 탔지요.

좀처럼 울지 않던 당신이 처음으로 비행기 안에서 울었다고 했어요. 당신은 언제 다시 고국에 돌아올 수 있을지 알 수 없는 미래를 생각하며, 칠순이 넘으신 부모님과 사랑하는 가족들과 친구, 친지들을 남겨 놓고 홀로 비행기를 타고 떠났어요.

그때 30년 전에는 아직 공산주의 국가였던 소련 상공을 날지 못하여 알래스카로 돌아서 가느라 비행기로 장장 19시간이 걸렸죠. 모스크바 상공을 비행기로 당당히 지나가는 지금보다 거의 9시간, 10시간이 더 걸린 것이지요. 만 28세 젊은 청년에게 어떤 미래가 펼쳐질지 전혀 알 수 없는 미지의 시간, 미지의 땅을 향하여 아득한 창공을 가로질러 날아갔어요.

그리고 올해가 2015년. 그동안 30년이라는 시간 비행을 하였네요. 단지 젊음이라는 재산과 믿음과 선교 사명이라는 영적 재산만을 가지고 빈 손으로 출발하였던 낯선 땅에서의 모험 인생. 서울 성균관 대학교, 서울대학교 대학원 경제학과 졸업이라는 명예스러운 학력도, 한국산업기술연구원 연구원이라는 빛나는 지성도, 아내와 첫아들을 가진 젊은 가장이라는 가정의 행복도 다 내려놓고, 세계 선교라는 하늘로부터 부름 받은 사명을 붙들고 독일에 제2의 삶의 뿌리를 내리기 위하여 독일 땅을 밟은 지 30년이 되었네요.

비록 한국에서 몇 달간 배우고 가긴 하였지만 독일어가 몹시 서툴고 빈 주먹으로 낯선 땅에서 할 수 있었던 일은 청소하는 일이었지요. 독일어 어학 코스에 다니면서 독일 중·고등학교에서 청소하는 아르바이트를 시작하였다고 붉은 줄, 푸른 줄로 가장자리에 테두리를 한 국제 편지를 제게 보냈지요.

한국에 남아서 직장 생활을 하면서 일 년 동안 매달 받는 월급을 어학 코스 비용과 생활비로 독일에 보냈어요. 그런데 "청소부로 일하고 있다."는 편지 구절을 읽고 서울대학원 졸업생, 한국산업기술연구원 엘리트가 독일 중·고등학교의 청소부로 아르바이트를 하고 있다는 것이 이해가 잘 안 되어 고개를 갸우뚱했던 생각이 나네요.

그렇게 단순한 청소부로 일하면서 시작된 고단한 낯선 땅에서의 독일 생활, 30년이 된 지금은 KPMG 법인회사 근무를 거쳐서 유럽 기아자동차 법인의 재경 매니저로 최장기 근속자로 일하고 있네요. 요즘은 아침 7시 반이면 매끈하고 깨끗한 기아자동차를 타고 미끄러지듯 프랑크푸르트로 출근하고 있지만, 그때는 허름한 자전거를 타거나 몇 친구들과 같이 풍뎅이 같은 작은 중고 자동차를 타고 다니며 청소 일을 하였지요.

한국에 남아 있던 저는 1년 후에, 한 살배기 아들은 만 네 살이 되어서야 독일에 데려올 수 있었어요. 그렇게 3년 후에야 가족 세 명이 독일에서 같이 살게 되었어요. 그리고 독일에 처음 2년 동안 살던 당시 독일의 수도였던 Bonn에서 1988년 10월, 지금 저희가 살고 있는 마인츠로 세 가족이 이사 왔지요. 마인츠 대학생들에게 성경을 가르치고 복음을 전하기 위하여. 그리고 대학 캠퍼스 안에 살고 있던 부부 기숙사에서 둘째 아들이 태어났어요.

그리 크지 않지만 그래도 책장이 벽에 세워져 있고 중간에 큰 탁자가 놓여 있어서 독일 대학생들을 초청하여 성경 공부를 하고 예배를 드렸지요. 거실과 바로 맞붙어 있던 작은 어린이 방에는 만 다섯 살 된 큰아들과 갓 태어난 둘째 아들이 자고, 우리 부부는 대학생들이 신발 신고 들락거리는 마루에서 낮에는 소파로 쓰고

밤에는 그 소파를 잡아 당겨 펼치면, 침대가 되는 곳에서 1년 반
정도를 살았네요.

그때 우리에게 성경을 배우던 독일 여대생 Gerlinde가 졸업을
하면서 마인츠를 떠나게 되었을 때, 그동안 성경 공부를 해 준
수고에 대한 감사를 하며 "꼭 새 침대를 사는 데 쓰도록 하세요."
하며 저에게 거금 500마르크를 선물해 주었던 일도 행복한 추억
이 되었네요. 두 사람 정도 앉을 수 있는 그 소파에 손님들과 대학
생들이 앉곤 하여서 앉는 자리가 푹 꺼져 있었지요.

Gerlinde는 차비도 아끼면서 버스도 타지 않고 중앙역에서 대
학교까지 걸어 다니던 전형적인 독일 여대생이었어요. 그녀는 한
국인 선교사에게 성경을 진지하게 배울 만큼 영적으로 겸손한 여
대생이었지요. 그녀는 지금도 함부르크에서 어렵고 힘든 사람들
을 도와주는 보람된 일을 하고 있다고 하네요.

그 정답던 캠퍼스 안에 있던 부부 기숙사를 떠나 1990년 4월에
이사를 하였지요. 그 집에서 1995년 3월에 외동딸이 태어났어요.
방이 6개였던 넓은 셋집에서 독일 대학생 두 명과 한국 유학생과
공동 생활을 하면서 두 아들과 딸아이를 키우면서 바빴지요. 그러
나 행복했던 시간이었다고 기억되네요. 아이들이 자라면서 기쁨
과 웃음을 선사했던 시절, 아이들과 함께 행복한 웃음을 지으며
찍었던 사진들이 많이 있지요.

외동딸이 태어난 기쁨이 채 사라지기도 전인 1995년 8월, 외국인 관청에서 한 통의 편지가 날아 들었어요. 그 편지에 우리 가족 다섯 명의 운명이 달려 있는 듯하였어요. 유학생 비자로 독일에 온 지 10년이 되었는데 독일에 체류하기 위하여 새롭게 신청하였던 노동 비자로 바꾸어 줄 수 없으니 연말까지 한국에 돌아가라는 매정한 편지였지요. 십 년 동안 독일을 위하여 날마다 새벽에 기도하고 대학생들에게 성경을 가르치고 또 청소하며 자립 생활을 하였는데, 이제 세 어린아이들을 데리고 빈손으로 다시 돌아가라니 어찌할 바를 몰랐어요.

그해 8월부터 연말인 12월까지 남은 시간은 넉 달 정도. 그 기간에 어떤 기적이 일어나리라 기대할 수 있었을까요. 막다른 골목에 몰려 사방이 막힌 가운데 위로 뚫린 하늘을 바라보며 기도하는 수밖에 없었어요. 독일에서 선교 사명을 끝까지 붙들고 살도록 길을 열어 주시도록 밤낮으로 전능하신 하나님을 바라보며, 그리고 어린 세 아이들을 보며 우리는 기도하였지요.

마침 프랑크푸르트에서 5년간 근무하시던 분이 그 직장을 그만두는 바람에 프랑크푸르트에서 직장을 다니던 당신에게 비서를 한 사람 구해달라는 부탁이 있다고 집에 와서 말하였지요. 그때 이 자리가 바로 나를 위해 마련된 자리가 아닌가 하는 생각이 들었어요. 그리고 어린아이들 셋을 놓아 두고 어떻게 직장 생활을 할 수 있겠는가 했던 당신의 우려에도 그 자리는 결국 제게 돌아왔지요.

친절하신 관장님이 아이가 셋이나 있고 나이 서른여섯 살이었던 저를 비서로 뽑아 주셨어요. 그리고 노동 허가서도 신청해 주시겠다고 하셨어요. 참 고마운 분이셨지요. 그분은 저를 뽑아 주시고 2년 후에 당시 대통령의 부름을 받고 청와대로 들어가셨지요.

전능하신 하나님이 저희 기도를 들으시고 그분과 고마운 몇 분들을 통해 길을 열어 주셨던 것이에요. 그 직장에 다니면서 노동 허가서에 이어 2000년, 당신이 독일에 온 지 15년 만에 독일 국적을 온 가족이 받게 되었지요.

그해 첫아들을 만 16세에 다른 도시 Bonn으로 떠나보내 김나지움과 대학을 마치도록 하고, 둘째 아들도 만 17세에 형이 있는 곳에 가서 역시 김나지움과 대학을 마치게 되었지요. 딸은 올 3월, 독일에서 어렵다는 김나지움 과정을 마치고 아비투어를 치르고 만 20세가 되었네요. 제가 1996년 1월 프랑크푸르트에서 직장 생활을 시작할 때 만 9개월이었던 딸이었지요.

첫아들이 결혼식을 올리기까지 우리가 결혼식을 올릴 때보다 훨씬 더 마음을 써야 했던 일, 둘째 아들이 논문 제출하는 마감 날까지 애쓸 때 같이 논문 쓰는 심정으로 마음 졸였던 일, 딸이

김나지움 과정을 마치고 대학입학 자격 시험인 아비투어(Abitur)
시험을 치를 때에는 마치 우리가 시험을 치르듯 마음 졸이며 합격
하도록 노심초사했던 많은 크고 작은 일, 기쁘고 힘든 일들을 같
이 겪었네요.

2년 전, 첫아들이 마음씨 고운 며느리와 결혼식을 올리고 지난
해 첫 손자가 태어났지요. 손자 손녀를 귀여워하며 사진을 자랑하
시는 분들을 잘 이해하기 힘들다던 당신이 이제는 저보다 더 손자
를 귀여워하면서 하루라도 안 보면 궁금해하고 보고 싶어 하지요.

아, 그렇게 30년이 되었네요. 만 28세의 젊은 피의 청년이 할아
버지가 되고, 젊은 아내였던 저도 이제 오십 중반이 넘은 할머니
가 되었네요. 20대와 30대의 청춘을 독일에서 바쳐 온 세월. 이제
할아버지, 아빠, 손자 3대가 매주 함께 제2의 고국이 된 독일에서
예배를 드리며 지내고 있지요. 그동안 시부모님, 작은아주버님이
소천하셨네요. 제 친정아버님도 돌아가셨구요. 친정어머니가 우
리 집안의 가장 어른이신데 맏사위를 사랑하고 아끼시지요. 명절
이나 생신 때 독일에서 안부 전화를 드리면 아주 기뻐하시면서요.

저도 독일에서 첫 7년간은 독일 가정에서 청소, 다림질을 하면
서 아르바이트를 하였지요. 둘째 아들을 해산하기 하루 전날까지
독일 가정집 2층 계단을 청소하다가 아기가 잘 놀고 있는지 허리
를 펴고 일어나 확인하곤 하였지요. 비록 태교를 위해 좋은 모차

르트나 바하 음악을 들려주지 못하고 청소하는 엄마 배 속에서 진공 청소기 소리를 더 많이 들었을 텐데 둘째는 바이올린, 트럼 펫을 배워 풍부한 감정으로 연주를 하고 있지요. 기타와 드럼도 혼자 독학하여 곧잘 연주하니 기특하더군요. 아마 매주 주일예배 때 엄마가 반주하던 풍금 소리를 듣고 자라서 그런지도 모르지요.

지난 5월 14일, 결혼 32주년을 맞으며 앞으로 30년의 비전을 가지고 건강하게 살자고 제게 말했지요? 몸이 지치거나 스트레스를 받으면 생기는 위병과 두통으로 건강에 자신이 없어 그렇게 하자고 시원한 대답은 하지 못했어요. 그렇지만 마음으로는 그러한 비전으로 건강하게 사명감을 가지고 살고자 합니다.

지난 30년 동안 수고 많으셨어요. 풀 타임(full time)으로 직장 생활을 하면서 30년 가까운 세월 동안에 새벽 기도의 등불을 밝히고, 주일에는 독일어로 설교 메시지를 전하고 그리고 세 자녀들을 결혼시키고, 대학공부, 김나지움 공부 시키느라 수고했어요. 그리고 저의 모든 약점과 결점을 보완해 주고 인내로, 사랑으로 감당해 주느라 애 많이 썼어요.

어쩐지 남편이라 더 쑥스러운 마음 때문에 사랑한다는 말로 마음의 표현도, 메일도 다정하게 쓰지 못하였는데 그동안 함께 걸어왔던 굴곡 많았던 30년이라는 오랜 세월의 길을 짧게나마 돌아보며 "지난 30년 동안 참 수고 많았어요." "모든 사랑과 인내에 고마

워요."라고 감사와 존경과 사랑의 마음을 전하고 싶네요. 그리고 앞으로 30년의 비전을 가슴에 품고 건강하게 앞으로 우리에게 주어진 길을 더욱 신뢰와 존중과 배려의 마음으로 같이 걸어가기로 해요. 가족 친지와 친구와 이웃에게 위로가 되는 가정을 아름답게 가꾸어 나가기로 해요.

독일에서 30년을 사셨네요. 축하드려요!

2부

예술의 위로

(겨자씨 성탄음악회 2014년 12월)

독일 마인츠 대성당 음악회(2015년 5월)

김홍도의 ≪단원 풍속도첩≫

　3년 전 여름, 한국에 다녀왔다. 딸아이가 친구와 함께 어린이 놀이 광장인 롯데월드를 가보고 싶다고 하였다. 재미있는 놀이기구를 타려면 보통 한 두 시간이나 줄을 서서 기다려야 한다고 하여 아침 일찍 그곳으로 떠났다.

　두 아이들이 들뜬 마음으로 놀이 기구들을 이리저리 찾아 즐기는 동안에 나는 민속박물관과 마침 그곳에서 열리고 있는 단원 김홍도 그림전에서 보물 제 527호로 지정된 그림 열 점을 감상할 수 있는 절호의 기회를 가졌다. 한국에 나오기 바로 전에 김홍도의 그림을 비롯한 우리나라 문화재를 수집하기 위해 삶을 바쳤던 간송 전형필에 대한 책을 읽은 터라 김홍도 그림에 관심이 더 많았다. 마침 그림을 감상하는 사람이 나 혼자여서 차근차근 그림에 나타난 인물들과 배경 그림들을 관찰할 수 있었다.

김홍도는 조선시대 후기 영, 정조 시대의 풍속화의 대가로 잘 알려져 있다. 단원이라는 호는 명나라의 화가 이유방의 호를 따서 붙인 것이라고 한다. 시, 서, 화에 능하였던 강세황에게 그림을 배웠는데 산수화는 물론 풍속화, 짐승, 꽃과 새 그림에 뛰어났으며, 고승과 신선을 그려 내는 도석화에는 그를 따라올 자가 없었다고 한다. 그는 특히 당시 서민들의 생활상을 그려 내는 풍속 인물화에 뛰어난 솜씨를 보였다고 한다.

그의 풍속화의 백미로 일컬어지는 그의 ≪풍속도첩≫은 모두 25면으로 이루어져 있는데 서당, 무동, 대장간, 노상파안, 점괘, 씨름 등 서민들의 일상생활의 모습을 엿볼 수 있는 그림들이다. 그가 그린 풍속화의 주인공들은 예쁜 기생이거나 지위 있는 한량들이 아니라 얼굴이 둥글넙적하고 흰 바지와 저고리를 입은 서민들의 모습이어서 더욱 한국적인 정취를 보여 주고 있다. 그의 그림에는 한국인들의 심성 밑바닥에 흐르는 해학과 중용의 정신이 잘 드러나 있다고 한다.

벽에 걸려 있는 첫 번째 그림은 〈서당〉이라는 잘 알려진 그림이다. 그림 상단의 가운데에 갓을 쓴 훈장이 책상 앞에 앉아 있고 책상 옆의 바닥에는 회초리가 놓여 있다. 숙제를 안 해 왔는지 아니면 틀린 답을 말하였는지 한 학동이 서서 바지를 들어 올리고 훈장에게 종아리에 회초리를 맞은 듯, 한 손으로 눈물을 닦고 있고, 한 손으로는 대님을 매고 있다. 아홉 명의 학동 중에서 한 명만 갓을 쓴 기혼자이고 나머지는 아직 결혼을 하지 않은 댕기머리 소년들이다.

두 번째는 〈편자박기〉이다. 하늘을 향해 누워 있는 말의 네 다리를 밧줄로 묶은 후에 두 남자가 말 발굽에 편자를 박는 모습을 사실적으로 그렸다. 그림 왼쪽 상단에 물그릇이 놓여진 작은 탁상을 그려 놓아서 빈 공간이 허전해 보이지 않도록 세심하게 공간을 처리한 것이 눈에 띄었다.

세 번째는 〈길쌈〉으로 여인 두 명이 각각 베틀에 앉아 천을 짜는 모습을 그렸다. 며느리인 듯 보이는 두 여인이 길쌈에 전념할 수 있도록 그 옆에서 할머니가 한 아기를 등에 업고 있다. 그리고 한 어린 소년이 그 할머니의 치마 허리끈을 잡고 있었다.

네 번째는 〈고누놀이〉로 나무하러 나온 동네청년들이 나무를 베어 한 가득 지게에 실어 놓고 시원한 나무 그늘에 앉아 고누놀이를 하면서 쉬는 모습이다. 고누놀이는 주로 상류층보다 대중이 즐기는 놀이였는데 별 다른 도구가 필요 없이 두 사람만 모이면 말판에 말을 벌여 놓고 서로 많이 따먹거나 상대의 집을 차지하는 것을 겨루는 놀이로서 당시에 대중적이고 전국적인 놀이였다고 한다.

시원한 나무 그늘 아래에서 고누놀이에 열중하는 동네 청년들

세 명은 웃통을 벗고 있는 것으로 보아 몹시 더운 여름 날씨였으리라. 저고리와 바지를 입은 한 청년은 옆에 앉아 구경하고 있고, 한 노인이 곰방대를 입에 물고 나무 기둥에 등을 기댄 채, 가끔 훈수를 두는 듯한 모습으로 앉아 있다. 더운 여름에 땀 흘리며 열심히 나무를 벤 후에 한가로이 쉼을 가질 줄 아는 한국인의 정서를 볼 수 있었다.

다섯 번째 그림은 〈노상파안〉이다. 두 아들을 데리고 나들이를 가는 부부를 그렸다. 소 등 위에 올라앉은 부인 앞에 어린 아들이 앉아 있고 아버지가 등에 작은 아들을 업고 가는 모습과 이들 가족을 말 위에서 유심히 바라보고 있는 한 선비를 그렸다. 그는 얼굴을 가리려는 듯, 넓은 챙이 붙은 갓을 쓰고 부채로 얼굴을 반쯤 가리고 있었다. 어렵지 않게 그 사람이 김홍도 자신이 아닌가 하는 생각이 들게 하였다.

여섯 번째 그림은 흐르는 냇물을 배경으로 젊은 여인 네 명이 빨래를 하고 있는 한 빨래터의 정경을 그린 〈빨래터〉이다. 한 여인이 치마를 무릎 위까지 올린 채 물에 들어가서 흐르는 물에 빨래를 하고, 두 여인도 역시 치마를 무릎 위까지 걷어 올린 채 바위 위에 앉아 빨래 방망이로 빨래를 하고 있다. 또 한 여인은 바위 위에서 어린아이와 함께 머리를 손질하고 있다. 재미있는 것은 한 손으로 든 부채로 얼굴을 거의 가리고 빨래하는 여인들을 바위 뒤에서 엿보고 있는 남자를 그려 넣은 것이다. 이 선비도 그림을 그린 김홍도 자신이 아니겠는가?

일곱 번째는 〈점괘〉였는데, 노상에서 승려처럼 보이는 모자를 쓴 두 남자가 길흉을 점치는 점괘 판을 벌여 놓고 있다. 그 앞에 기생으로 보이는 한 여인이 점괘를 보기 위해 치마를 들추어 속바지에 달린 돈주머니에서 점괘 사주를 내기 위해 돈을 꺼내는 모습을 볼 수 있다. 그 여인 옆에는 딸인 것처럼 보이는 소녀가 어머니가 돈을 꺼내는 동안 긴 담뱃대를 들어 주고 있는지 한 손에는 긴 담뱃대와 다른 한 손으로는 부채를 들고 있다. 머리에는 냄비가 담긴 광주리를 이고 점괘 판 구경을 하고 있다.

여덟 번째는 〈무동〉이다. 여섯 명의 남자 악사들이 둘러앉아 북과 장구, 대금, 해금, 피리 둘 등 삼현육각 악기의 장단에 맞추어 신명 나게 춤을 추는 무동을 그리고 있다. 팔을 치켜 올리고 옷자락의 긴 소매와 허리 띠를 펄럭거리며 춤을 추고 있는 무동이 들어올린 발끝은 한국 고유의 춤사위의 모습을 잘 드러내고 있다.

아홉 번째는 〈씨름〉이다. 두 씨름꾼이 들러붙어 씨름을 하고, 구경꾼들이 둘러앉아 긴장과 흥분 가운데 숨을 죽이며 씨름을 구경하고 있다. 씨름터에서도 자신의 생업에 충실하게 구경꾼들을 대상으로 엿을 팔고 있는 엿장수를 그린 여유도 엿볼 수 있다.

열 번째는 〈그림 감상〉이다. 일곱 사람이 둘러서서 큰 그림 한

장을 한가운데에 펼쳐 들고 그림을 감상하고 있다. 무슨 그림인지는 잘 모르겠지만 김홍도 자신이 그린 그림이지 않을까. 둘러서 있는 사람 중에 한 손으로 부채를 들고 얼굴을 가리고 있는 갓을 쓴 남자가 또 눈에 띈다.

　서민들의 일상의 모습을 그리면서 그들의 애환과 기쁨, 신명을 사실적으로 그리면서도 익살과 여유, 해학의 모습이 그림 속에 들어 있어 그림을 보는 이들에게 그들의 감정이 그대로 전달되도록 그리고 있다. 단원 김홍도가 '그림의 신선'이라는 뜻의 '화선'(畵仙)이라고 불리기도 한다는 것에 공감이 되게 하는 유쾌하고 친근한 그림들이다. 짧은 시간이었지만 단원의 열 점의 풍속화를 감상하고 나니, 마치 조선시대 서민들의 생활 공간으로 깊숙이 들어갔다 나온 느낌이다.

'탈향'에서 '귀향'으로의 먼 길

—이호철 소설가 작품 낭독회에 다녀와서

분단 작가로 알려진 이호철 소설가의 작품 낭독회가 지난 10월 27일, 프랑크푸르트에서 열렸다. 프랑크푸르트 국제도서박람회 참석 후, 베를린 주독한국문화원에서 시작하여 독일 대학 가운데 한국학과가 개설되어 있는 함부르크대학, Bochum대학과 Bonn 대학을 거쳐 프랑크푸르트 괴테대학에서 가진 작품 낭독회에서 소설 ≪탈향≫(Heimatlos)에 나오는 작품 중 일부를 낭독하였다. 이어서 한 독일인 교수가 독일어로 번역된 작품을 낭독한 후에 작가는 낭독된 작품에 국한하지 말고 어떤 질문이든지 하라고 그 자리에 앉아 작품을 경청한 독일 대학생들과 청중들에게 말하였다.

먼저 '언제 어떻게 소설을 쓰기 시작하였는가?' 하는 한 독일인의 질문에 이호철 소설가는 "십 대부터 소설을 쓰기 시작하였다. 북한에서 살다가 6·25전쟁 후에 고등학교 3학년이던 만 18세 때 단신으로 월남하였다."라고 하면서 자신의 "체험과 픽션이 섞인 작품을 쓰게 되었다."고 대답하였다.

그는 1955년, 만 23세의 젊은 나이에 황순원 소설가의 추천을 받아 작품 〈탈향〉을 ≪문학예술≫에 발표함으로써 소설가로 등단하였다. 자신이 다시 태어난다 하더라도 문학을 하였을 것이며 문학가, 예술가들이 지향하는 바는 '맑음'이라 생각한다고 그는 말하였다. 그리고 이러한 '맑음'은 정직함, 솔직함과는 다른 '진솔함'에 가까우며, 바느질한 흔적이 보이지 않는 천상의 옷이라는 뜻을 가진 '천의무봉'의 경지에 이르는 '맑음'이라고 하였다. 그리고 자신의 60여 년 문학 인생 동안 그러한 '맑음'을 지녀 왔다고 확신한다고 말하였다.

그의 '맑음'에 대한 말을 들으며, 공자가 논어에서 ≪시경(詩經)≫ 300편에 대하여 말하였던 "생각하는 것에 간사함이나 못된 마음이 없다." 는 뜻을 가진 '사무사(思無邪)'라는 말이 떠올랐다. 이는 그가 강조한 "글 쓰는 사람은 진솔하고 자연스럽고 정직해야 한다."는 말과도 일맥상통하는 말이리라.

그는 민주화 운동으로 고 김대중 대통령과 함께 군사 재판을 받기도 하였다. 자신의 중심을 관통하고 있는 것은 '맑음'이라고 피력하는 그에게서 만 82세의 나이가 무색하도록 자신의 삶과 문학에 대한 굳은 의지와 확신을 가진 것을 보고 내심 탄복하지 않을 수 없었다.

통일에 대한 질문에서 그는 '통일'이라는 말은 그동안 무겁고 굳어져 버린 이념의 말이 되어 '통일'이라는 말보다 '한 살림'이라는 말을 쓰고 싶다고 했다. 그리고 "문학은 언어를 항상 새롭게 만드는 힘, 항상 싱싱하게 새롭게 닦아 내는 힘을 가지고 있다."고 하였다. 현재 우리나라는 한 나라이지만 두 살림을 하고 있는데, 남북간에 서로 교류가 이루어지고 오고 가며 한솥밥을 먹는 사람들이 많아지면 자연스럽게 통일이 될 것으로 생각한다고 하였다. 그리고 통일을 너무 조급하게 생각하지 말고 한 발 한 발 가다 보면 통일이 올 것이라고 말하였다.

그는 독일에 와서 독일의 숲과 나무들, 라인강의 흐름에서 우주의 조화와 자연의 힘을 느꼈으며, 그러한 독일의 자연스러운 운세 속에서 통일이 이루어졌다는 생각이 들었다고 하였다. 이는 그가 독일을 그동안 네 번이나 방문하여 독일의 자연을 관찰하면서 받았던 깊은 인상을 반영한 말이리라. 자연의 조화로운 기운으로 독일 통일이 자연스럽게 이루어졌듯이 우리나라도 하늘의 뜻 가운데 어느 날 갑자기 통일이 될 것으로 생각한다고 말하였다.

낭독회 소책자에는 그가 2000년 8월 15일, 남북이산가족상봉에서 50년 만에 여동생과 만나는 사진이 실려 있었다. 고향을 떠나올 때 살아 계셨던 할아버지와 부모님은 돌아가시고, 두 누나와 남동생도 세상을 떠나 혼자 남은 그 여동생은 50년 만에 만난 오라버니의 어깨에 얼굴을 묻고 눈물을 흘리고 있었다. 아픔과 회한에 가득 찬 그의 착잡한 표정은 이산가족의 고통과 분단의 아픔을 고스란히 담고 있었다.

자신이 살고 있는 서울과 60년 이상 가보지 못한 고향인 함경남도 원산과는 불과 220km에 지나지 않는다고 말하였을 때, 외국 사람들은 이해를 잘 하지 못하였다고 하였다. 하루 동안에 도달할 수 있는 거리를 고향을 떠나온 지 48년 만에 처음으로 밟았고, 60년이 지나도록 아직 고향으로 가는 길이 막혀 있는 분단의 현실을 어느 외국인이 이해할 수 있겠는가.

그는 자신의 작품은 어쩔 수 없이 '탈향'에서 '귀향'에 이르는 작품이라고 밝힌 바 있다. 일주일 정도 있다가 다시 고향인 원산에 돌아갈 수 있을 것으로 알았는데 60년이 넘도록 고향에 돌아가지 못한 분단과 실향의 아픔을 자신의 문학 작품에 그대로 투영시키고 있는 것이다. '분단'에서 '통일'로 가는 과정이 자신의 작품이며, 문학이 직접 남북 관계를 변화시킬 수 없지만 정서적으로 호소하고 감화시키는 힘이 있다고 말하였다.

"뜨거운 작품을 써서 변화를 이끌어내는 것이 문학의 힘"이라고 믿는 그의 문학관이 한 달 동안 독일의 여러 개 도시를 순회하며 독일인들과 재독 동포들을 대상으로 작품 낭독회를 갖게 한 힘의 원천이 되었을 것이라는 생각이 들었다. 시간이 허락된다면 아흔 살까지 소설을 쓰고 싶다는 그의 뜨거운 문학에로의 열정과 떠나온 고향에 대한 사랑이, 아직도 차갑기만 한 남북관계를 녹여서, 남북이산가족들이 한솥밥을 먹으며 우리나라가 한 살림을 하게 되는 날이 오기를 바라 마지않는다.

이 작가는 "앞으로 그의 문학을 통해 이루고자 하는 남은 과제가 무엇이냐"는 한 인터뷰 질문에서 다음과 같이 말한 적이 있다.

"그건 뭐 말할 것도 없죠. 통일입니다. 고향에 돌아가고 싶은 거예요. 제가 60년 가까이 소설을 써 왔는데 그 기본 바탕은 늘 남북 관계였어요. … 남녘과 북녘 모두 두 세대 이상의 사람들이 분단의 시대에 살고 있는 겁니다. 평생 제 문학이 그래왔듯이, 앞으로 북한을 어떤 식으로 표현할 수 있을까 하는 게 제 인생의 남은 과제라고 할 수 있겠죠. 희한하게 나이가 들수록 고향 생각이 더 심해져요. 땅 냄새, 흙 냄새까지 맡아지는 것 같아요. 지나다니던 길과 논과 밭이 아직도 또렷하게 생각나요. 집 뒤에 있던 소나무 밭과 바람에 흔들리던 소나무 소리도 정말 그립습니다. 그리고 해가 지날수록 어머니, 아버지 생각이 더 많이 나요. 그러니 소설을 쓸 수밖에 없는 거예요."

만 18세에 고향을 떠나서 까마득한 64년의 먼 길을 걸어와 만 82세에 이르도록 분단 조국에서 실향민으로 살아온 한 원로 작가의 고향과 가족을 그리워하는 마음이 절절히 배어 있는 이 말에 가슴이 먹먹해진다. 한국의 자연의 조화와 이분의 문학을 통한 감화의 물결이 독일을 비롯한 세계 곳곳에 흘러 넘쳐서 하늘의 뜻 가운데 한반도에 통일이 자연스럽게 찾아오는 그날이 오기를 간절히 바라는 마음으로 어두워진 프랑크푸르트 괴테대학을 빠져나왔다. 문학의 감화의 힘과 하늘의 뜻이 언젠가 이루어질 줄 믿으며….

(2014년 12월, 교포신문)

성탄 음악회로 기쁨을 선사한
겨자씨 청소년 오케스트라단

지난 12월 26일 오후 3시 30분, Westerwald 기독교 휴양관 홀에서 겨자씨 오케스트라단의 성탄 음악회가 열렸다. 이곳에서 성탄과 연말연시를 보내는 독일인들과 지역 주민들을 위해 매년 음악회를 개최한지 십 년이 훌쩍 넘은 겨자씨 청소년들의 연주는 이제 이곳의 전통적인 성탄 음악회로 자리매김하였다.

이번 음악회에도 약 200여 명의 독일인들이 참석하여 겨자씨 청소년들이 연주하는 감동적인 클래식 음악과 경쾌하고 즐거운 성탄 캐럴에 귀를 기울였다. 주로 재독 한인 2세 및 한독 가정 2세들로 구성된 겨자씨 오케스트라단은 3년 전부터는 독일 및 유럽 청소년 약 3천 명 이상이 모이는 TeenStreet 집회에도 초청받아 그곳에 참석한 청소년들 70여 명과 함께 매년 오케스트라 연주를 하면서 하일라이트 순서를 장식하고 있다.

음악회가 시작되기 전, Hoppe 관장이 겨자씨 오케스트라단을 환영하는 인사말을 하였다. 이어서 자녀들이 오케스트라단 단원으로 활약하고 있는 한독 가정 부모님들 중 한 분인 Jochen Schweitzer 씨가 겨자씨 오케스트라단에 대해 간단히 소개하는 시간을 가졌다. 겨자씨같이 모든 씨보다 작은 씨와 같은 어린이들이며 청소년들로 구성되어 있지만, 점점 자라서 공중의 새들이 깃들이는 나무가 되는 겨자씨와 같이 잠재력과 영향력 있는 오케스트라단이며, 어릴 때부터 음악 연습과 자기 절제 훈련을 받으며 장차 글로벌 리더들로 성장하는 비전 가운데 시작되었다고 소개하였다.

이후, 장요한네스 지휘자의 지휘로 30여 명의 청소년들이 연주하는 Webber의 뮤지컬 ≪오페라의 유령≫과 H. Zimmer 작곡의 〈이집트의 왕자〉 영화음악, 롯시니의 오페라 ≪빌헬름 텔≫ 서곡이 열정적이며 감동적으로 청중들의 마음에 울려 퍼졌다.

첫 독주 무대에 서는 정요셉 군의 O. Riedling 곡의 바이올린 연주는 많은 격려의 박수를 받았다. 그리고 비발디의 〈사계〉 중 '겨울'을 연주한 바이올린(Peter R, Mathaeus G.), 비올라(박사라은지), 첼로(장요한네스) 현악 앙상블은 수준 높은 연주와 하모니로 청중들의 마음에 감동을 주었다. 쾰른 음대에서 성악을 전공한 소프라노 류마리아 양은 Donizetti의 오페라 ≪Don Pasquale≫에 나오는 아리아 〈Cavatine de Norina〉에 이어서 헨델의 ≪

메시야≫에 나오는 〈rejoice greatly, daughter of Zion〉을 청아하고 기쁨에 찬 목소리로 불러서 청중들에게 성탄의 기쁨을 듬뿍 안겨 주며 큰 박수를 받았다.

Rebekka Dietzel, 박사라은지 양은 J.S. Bach의 오보에와 바이올린 듀엣곡을 연주하여 꿈꾸는 듯한 환상의 하모니를 들려주었다. 〈화이트 크리스마스〉와 〈징글벨 Rock〉을 트럼펫(Isaak J, Peter R)과 호른(Samuel K., Priska S.)으로 경쾌하고 신나게 연주한 관악 4중주는 크리스마스의 흥겨운 기분을 한층 돋우어주었다. 20명의 청소년들이 부르는 성탄 캐럴에 맞추어 모든 청중들이 함께 독일인들 가운데 널리 불리는 성탄 노래 〈O, du froehliche〉, 〈Engel bringen frohe Kunde〉를 부르며 성탄의 기쁨을 서로 나누며 음악회의 막을 내렸다.

독일에서 태어나거나 어릴 때 독일에 와서 자라고 있는 겨자씨 청소년들은 1세대와 차세대 간의 간격과 한국과 독일, 한국과 유럽이라는 문화의 차이를 음악으로 연결시키는 다리 역할을 하고 있으며, 독일인들에게 한국과 한국의 문화를 알리는 문화 홍보대사 역할도 하고 있다. 매년 겨자씨 성탄 음악회에 참석하는 누나의 초청으로 처음 이 음악회에 왔다는 한 젊은 독일 청년은 "음악회가 감동적이고 참 좋았다."고 말하며 환한 웃음을 선사하였다.

(2015년 1월, 교포신문)

평화를 위한 선율이 울려 퍼진
신년 음악회

지난 1월 24일 (토) 20시, 프랑크푸르트 Alte Oper에서 신년 음악회가 열렸다. 독일의 저명한 피아니스트이며 지휘자인 Justus Frantz가 1995년, Leonard Bernstein과 Yehudi Menuhin과 함께 세계 평화를 위해 40개 국적을 가진 단원들을 모아서 만든 Philharmonie der Nationen 20주년을 기념하는 음악회이기도 하였다.

연주가 시작되기 전, 빨간 안경테의 안경을 쓰고 빨간색 행거치프를 검정색 연미복 주머니에 꽂은 Justus Frantz 지휘자가 세계 각국 정상들의 축하 메시지를 청중들에게 전하였다. 독일 수상을 역임했던 헬무트 슈미트를 비롯하여 주독 러시아 대사, 리투아니아, 우크라이나 외무 장관에 이르기까지 음악으로 세계 평화에 기여하고자 창단된 이 오케스트라의 20주년을 축하하고 격려하는 메일을 읽어 주었다.

2015년 새해를 여는 신년 음악회 첫 곡, 모차르트의 〈바이올린 협주곡 제4번〉을 오케스트라단과 호흡을 맞추어 연주한 솔리스트는 한국인 배원희 바이올린 연주자였다. 새봄의 발랄함을 보여 주듯 노란 드레스를 입고 무대에 등장한 그녀는 세계 무대 경험이 많은 듯 당당하면서도 우아한 자세로 지휘자와 인사를 나눈 후, 바이올린과 활의 현란한 연주로 청중들을 깊은 모차르트의 세계로 이끌었다.

그녀의 막힘 없는 선율은 마치 꽁꽁 언 땅이 녹아 시냇물이 졸졸 흐르는 듯한 느낌을 주었고, 새싹이 움트는 듯한 희망의 선율이었다. 25분이라는 긴 시간을 풍부한 감성이 담긴 얼굴 표정과 함께 모차르트의 음악을 유감 없이 연주한 그녀에게 청중들은 아낌 없는 박수를 보냈다. 40개국에서 모여든 단원들과 Justus Frantz 지휘자와 함께 어깨를 겨루며 유럽의 중심지 독일에서 한국을, 음악을, 그리고 평화를 연주하는 이십 중반을 갓 넘긴 젊고 유망한 바이올리니스트가 한국인이라는 것이 무척이나 자랑스러웠다.

두 번째 곡으로 약 70명의 단원들이 무대에 올라와 Igor Stravinsky의 〈불새〉를 연주하였다. 이 곡은 발레곡으로서 불새의 도움으로 마왕에게 잡힌 왕녀들을 구출하기까지의 과정을 환상적으로 묘사한 작품이다. 세 번째 곡인 브람스의 〈교향곡 제2번〉의 평화롭고 감미로운 연주가 끝나자, 기립하여 박수를 치는 청중들과 자리에 앉은 2천 여 명의 청중들의 박수 소리가 한동안 그치지 않았다.

청중들에 화답하는 앵콜 곡으로 브람스의 〈헝가리 무곡 제1번〉의 귀에 익은 명곡의 물결이 넘실대기 시작하자 청중들은 다시 열렬한 환호의 박수를 보내며 공감을 표현하였다. 두 번째 짧은 앵콜 곡 후에 마지막 앵콜 곡으로 〈헝가리 무곡 제5번〉을 연주하였다.

장장 2시간 40분이 걸린 음악회 후, 지휘자는 무대 오른쪽 첫째 줄에 앉은 제1 첼로 연주자를 소개하며 오케스트라 창단 때부터 지난 20년간 연주해 온 단원이라고 청중들에게 말하자, 만면에 웃음을 짓고 일어나 인사하는 그에게 청중들은 많은 박수로 그를 크게 격려하였다. 계속 쏟아지는 박수 속에서 지휘자는 무대를 누비며 단원들을 일일이 찾아 가벼운 포옹을 하거나 악수를 하였다. 만 70세가 넘은 노익장 지휘자가 젊은 단원들을 찾아 그들의 연주에 대한 감사와 존경의 마음을 표현하는 모습은 청중들에게 진한 감동을 안겨 주었다.

다시 무대 중앙으로 돌아온 지휘자는 청중들에게 올해 세계 평화를 위해 우크라이나와 모스크바, 그리고 로마의 바티칸에서 음악회를 개최할 예정이라고 하며 마지막 인사와 감사의 말을 하였다.

이제 평화의 종소리가 울리며 또 한 해의 경주를 시작하도록 새해가 본격적으로 시작되었다. 승리의 종소리를 듣기까지 나도 내 삶의 악기에서 감동의 선율, 평화의 선율이 울려 퍼지도록 내게 주어진 길을 열심히 달려 나가야 하리라. 세계로, 미래로 이어지는 길을.

(2015년 2월, 교포신문)

한국 문학을 독일에 소개한 번역가,
소피아 서정희 시인

　어느 날, 전화 벨 소리가 울려서 수화기를 들어 올리는데 모르
는 전화번호가 찍혀 있었다. 누굴까 생각하며 수화기를 귀에 대니
한국 여자분의 조용한 음성이 흘러 들어왔다. 한 친구분이 교포신
문에 실렸던 내 바이마르 여행기 글을 오려서 우편으로 보내주어
읽었다고 하셨다. 1958년에 독일에 오셔서 독문학 공부를 하신
이야기, 1969년에 한국에 들어가 대학 강사를 하다가 다시 1979
년에 독일에 돌아와 세 자녀를 키운 이야기, 독일어로 번역하신
책들과 소장하고 있는 책들을 나누어 주고 싶다는 이야기 등을
하셨다. 4월 중에 한번 찾아뵙기로 하고 긴 통화를 마쳤다.
　며칠 후, 그분의 첫 시집 ≪이 푸르른 행성에 나들이 와서≫
(2013)를 우편으로 받았다. 푸르른 물감이 손에 묻어날 듯한 표지
를 펼쳐서 한 장 한 장 넘기며 읽으니 윤동주, 박목월 시인의 시를

연상시키는 맑고 따뜻한 서정이 가슴으로 전해져 왔다. 푸르른 행성인 지구의 70%가 물로 이루어져 있고, 사람의 몸도 물로 구성되어 있다는 뜻으로 표지 그림도 직접 그리셨고, 제호도 직접 쓰신 것이라는 것을 나중에 듣게 되었다.

4월 말, 남편과 함께 프랑크푸르트에서 낮 12시 30분경에 자동차로 떠났는데 온천 도시로 알려진 Aachen에 도착하니 거의 오후 4시가 다 되었다. 내가 혹시 기차로 올 경우에는 역에 마중 나오셔서 왕들의 대관식이 거행되었던 대성당과 Aachen 대학을 구경시켜 주려고 하셨다. 그런데 자동차로 직접 그분 댁에 가서 저녁 6시경까지 대화를 나누느라 시내 구경은 따로 하지 못하고 돌아왔다. 그렇지만 시내로 들어가면서 800년경에 지어진 웅장한 대성당의 팔각형 아치 모양의 지붕과 뾰족한 첨탑 등을 지나치며 오래된 Aachen의 역사와 분위기를 어렴풋이 느낄 수 있었다.

아파트 입구에서 우리를 맞이하셔서 첫 만남의 인사를 드린 후, 함께 5층의 맨 끝으로 걸어갔다. 손으로 앞쪽을 가리키시며 멀리 눈앞에 바라보이는 곳이 벨기에라고 방향을 가르쳐 주셨다. 현관 밖에 조그만 항아리 두 개가 놓여 있는 것이 눈에 띄었다. 간장 항아리나 고추장, 된장 항아리일까 하는 생각이 얼핏 들면서 순간, 한국적 정취가 느껴졌다.

현관 문을 들어서니 바로 앞에 보이는 거실 입구 문 위 벽에 걸려 있는 액자가 눈에 들어왔다. 부채 모양 안에 벚꽃 가지 그림이 그려져 있고, 그 위에 한문이 쓰여져 있어서 무슨 내용인지는 모르지만 한국, 동양적 분위기가 물씬 풍겼다. 거실 탁자 위에는 예쁜 접시에 담긴 보라색 포도 송이들이 초롱초롱하게 빛을 내며 손님을 기다리고 있는 듯하였다. 그리고 귀인을 대접하는 듯 고운 찻잔과 접시들이 탁자 가운데 차 주전자와 다과를 중심으로 가장자리에 단정히 자리를 잡고 있었다.

첫 만남인데도 우리는 문학을 매개로 하여 1977년에서 79년까지 그때는 서로 알지 못하였지만 그분은 강사로, 나는 대학생으로 같은 대학에 있었다는 친밀감을 느끼며 쉬지 않고 대화를 이어나갈 수 있었다. 대화를 시작하시면서 독일어로 번역한 책들을 먼저 건네 주셨다. 우리나라의 정통 상가집 문화를 그린 이청준의 장편 소설 ≪Die Trauerfeier축제≫(2002), 대산문학상 수상작인 이승우의 장편 소설 ≪Die Rückseite des Lebens(생의 이면)≫(1996), 원로 여류 시인 김남조 시선집 ≪Windtaufe(바람 세례)≫(1996) 등 그분의 땀과 노고가 스며든 귀한 선물이었다.

소파에 둘러앉은 우리는 맛깔 넘치는 문학 이야기, 독일 이야기 등을 풀어 나갔다. 무엇보다 한국이 주빈국이었던 2005년 프랑크푸르트 국제도서전시회에 대한 이야기 꽃을 피웠다. 그때 전시할 한국의 책 100권 중 한 권으로 선정되었던 최성은 저자의 ≪석불,

돌에 새긴 정토의 꿈≫(BUDDHA, Bildnisse aus Stein in Korea)을 번역하면서 십 년은 늙어 버린 것 같다는 말씀을 하셨다. 한국문학번역원의 청탁을 받아 8개월 안에 번역하면서 미술사, 인도 불교사까지 공부하며 번역하느라 너무 힘들었는데 번역 후에 칭찬을 많이 받았다고 하셨다.

우연찮게 나도 2005년 10월 프랑크푸르트 도서전에 맞추어 한국의 원로 및 중진 시인 25명의 시 50편을 번역하여 ≪Koreanische Moderne Gedichte(한국현대시)≫ 번역시집을 전시하기 위해 몇 달간 독일어 번역에 매달렸었는데 그분도 당시 어려운 책 번역에 매진하셨고, 그 도서전에 전시하셨던 것이다.

첫 시집을 미리 우편으로 받았는데 또 귀한 책들을 주시겠다고 하셨다. 그래서 선물로 준비해 갔던 내 번역시집과 첫 수필집 ≪라인강에서 띄우는 행복 편지≫(2010) 등 몇 권의 책을 선물로 드렸다.

한국에 계실 때 본래 시인이 되시려고 1회 추천을 받았으나 당시 3회 추천까지 받아야 등단하게 되는데 중간에 독일로 떠나게 되었고, 그동안 한국문학작품 12권을 번역하느라 자신이 정작 쓰고 싶었던 시를 못 썼다고 말씀하셨다. 대학 은사님이셨던 구상 시인의 권고로 1991년부터 번역가로 활동하기 시작, 구상 시선집 ≪Auf der Bank von Dreyfus(드레퓌스의 벤치에서)≫(1994)를 시작으로 김남조 시선집 ≪Windtaufe(바람 세례)≫(1996), 이청준 중·단편 소설 ≪Das geheime Feuerfest(비화밀교)≫(2000)와 장편소설 ≪Die Trauerfeier(축제)≫(2002), 김종길 시선집 ≪Nachtkerze(달맞이꽃)≫(2003), 문정희 시선집 ≪Die Mohnblume im Haar(양귀비꽃 머리에 꽂고)≫(2007) 등을 독일어로 번역, 발간하였다.

2011년 신달자 시선집 번역 후, 2013년 시 추천 등단을 하셨다. 그리고 지난 60년 동안 모아 두었던 시 작품을 묶어 만 80세를 앞두고 첫 시집을 발간하신 것이다.

책장에서 꺼내 주시는 책 수십 권을 받고 감사의 인사를 드리며, 아파트 입구까지 내려오시는 선생님께 "앞으로 또 시집을 발간하실 계획이세요?" 하고 여쭈었더니 아직 문학 소녀와 같은 수줍은 미소를 머금고 "네. 제 그림과 함께 시화집을 낼 계획이 있어요." 하고 말씀하셨다. 신사임당의 그림을 연상시키는 꽃과 벌, 국화꽃, 민들레, 꽃잎에 앉은 여치, 나뭇가지에 앉은 새, 두 마리의 학 등 직접 그리신 그림들이 화첩에 들어 있던 것을 떠올리며 이분이 곧 이 시대의 신사임당이 아닐까 하는 생각이 들었다.

세계적인 나노 (Nano) 물리학자를 포함, 세 자녀를 모두 Aachen 공대를 졸업한 훌륭한 세계인으로 키우셨다. 그리고 자신도 한국문학작품의 세계화를 위해 평생을 독일어로 번역하는 일에 바치셨다. 또 이제는 자신의 꿈을 살려 시인으로서의 새 삶을 용기 있게 당당히 걸어가고 계시다.

오후 반나절 직장 휴가를 내고 무거운 책들을 차에 실어 주며 먼 길을 동행한 남편에게 고마운 마음을 안고 집으로 향하는 자동차에 몸을 실었다. 한국문학작품의 독일어 번역에 젊음과 열정을 쏟아 오신 소피아 서정희 선생님의 두 번째 시집인 동시에 첫 번째 시화집을 기쁨으로 받아 볼 날을 기대하며….

(2015년 5월, 교포신문)

마인츠 대성당에 흘러내린 봄비,
〈아리랑〉의 고운 가락

마인츠 대성당(Dom)은 천 년 이상의 역사를 간직하고 있는, 독일에서 가장 오래된 3대 성당 중의 하나이다. 가까운 프랑스나 멀리는 미국에서도 단체 관광객들이나 수학 여행을 온 중·고등학생들로 돔 광장이 붐비는 모습을 종종 볼 수 있다. 고딕 양식으로 하늘 높이 솟은 첨탑을 중심으로 후에 지어진 로마네스크 양식의 둥근 지붕을 가진 성당 건물이 합쳐져서 웅장한 위엄을 자랑하면서 라인강 근처의 시내 중심지에 마인츠의 상징물로 우뚝 서 있다.

이 마인츠 대성당에서 음악회가 자주 열리지만 외국 오케스트라나 합창단들이 무대에 올라선 예는 일찍이 없었다. 2015년 5월 4일, 이 대성당에 독일인들과 독일에 살고 있는 한국인 교민 청중들 앞에서 한국의 대표적인 민요인 〈아리랑〉이 마지막 순서의 하이라이트를 장식한 모습은 몹시 감격적이고 감동적이었다. 특히 27여 년에 이르도록 마인츠에 살고 있는 나로서는 마인츠 대성당에서 열린 한국 합창단 공연을 본 기억이 없기에 더욱 그러하였다.

마인츠 대성당 역사에 한 획을 그었던 공연을 하고, 한국의 〈아리랑〉 하이라이트를 장식한 주인공들은 독일에 온 국립합창단과 서울시립합창단이었다. 마인츠에 사는 한국 교민들과 한독 가정 부부, 유학생들을 비롯하여 근처에 위치한 비스바덴, 프랑크푸르트, 다름슈타트에 거주하는 교민 인사들이 눈에 띄었고, 자동차로 2시간 거리인 쾰른에서도 한국인 유학생들이 참석하여 이 역사적인 예술의 현장에 함께하였다.

음악회의 첫 순서는 마인츠 대성당 청소년합창단들이 테이프를 끊었다. 앞쪽에는 청소년들이 빨간색 상의를 입고 화려하게 입장하였고, 뒷줄에는 검정 양복을 단정하게 입은 젊은 청년들이 입장하여 성당 앞 무대를 꽉 채웠다. 그들은 합창을 시작하기 전, 성당 단상 위에 달려 있는 십자가를 향하여 모두 뒤로 돌아서더니 고개를 숙여 인사하며 정중하게 경의를 표하였다. 다시 청중 쪽으로 몸을 돌려 첫 곡을 부를 준비를 하는 것을 보고 이들의 경건한 신앙심을 읽을 수 있었다.

그들은 전통적인 가톨릭 미사곡의 멜로디처럼 조용하고 깊이 있게 들리는 성가곡 다섯 곡을 불렀다. 그리고는 또 모두 뒤로 돌아서서 십자가를 향해 고개를 깊이 숙여 경의와 감사의 인사를 하였다. 이들의 경건한 신앙심이 묻어나는 첫 인사와 끝 인사가 노래 자체보다 더욱 인상적이었다.

두 번째 순서로 긴 하얀 드레스를 입은 서울시립합창단의 여성 합창단들과 검정 양복을 입은 남성 합창단들이 무대 중앙에 섰다. 청중들은 한국에서 온 이들을 큰 박수로 환영하였다. 독일의 대성당 분위기에 걸맞은 레퍼토리의 곡들을 준비하였다. 장엄한 베토벤의 〈합창교향곡〉을 시작으로 조용하고 경건한 성가곡 세 곡을 불러서 마음의 안식과 평안을 갖도록 하였다. 이날 합창 중에 청아하면서도 힘이 있는 목소리와 심오한 목소리의 솔리스트 주인공들은 이태리를 비롯한 유럽과 한국 무대에서 오페라 150여 회 주역을 맡았던 지명훈 테너와 역시 유럽에서 활약하고 있는 Carlo Kang 바리톤, Elisa Cho 소프라노였다.

세 번째 순서로 국립합창단이 합창곡 다섯 곡을 불러 많은 박수를 받았다. 다음 순서로 국립합창단과 서울시립합창단이 함께 무대에 올라서 멘델스존의 오라토리오 〈Elias〉에 나오는 세 곡을 부른 후, 한국 가곡인 〈물레〉, 〈뱃노래〉를 불렀다. 그러자 한국 교민들은 귀에 익숙하며 정겨운 가락에 마음을 활짝 열고 숨을 죽이며 모든 멜로디를 가슴에 흠뻑 빨아들였다. "어기 여차, 어기

여차' 힘찬 뱃노래를 들으며 마치 이들이 한 배에 올라 힘껏 노를 젓는 듯한 느낌을 받았다. 독일과 유럽 땅에서 한국인의 예술혼을 담아 음악과 예술의 배를 노를 저으며 함께 노래 부르는 뱃사공들로 보였다.

마지막 노래 순서 후, 독일인 청중들이 여기저기 자리에서 일어나 박수를 치기 시작하자 연달아 모든 청중들이 일어나 기립 박수를 뜨겁게 보냈다. 나이가 지긋이 드신 분들은 늦은 귀가 길을 생각해서인지 먼저 자리를 뜨는 분들이 더러 눈에 띄었다.

청중의 박수가 끝나면서 프로그램에는 들어 있지 않았던 독일 가곡과 한국의 민요가 울려 퍼지기 시작하자 성당 안은 다시 조용해졌다. 독일의 문호, 괴테의 시에 슈베르트가 200년 전에 작곡한 곡임에도 아직도 우리의 심금을 울리는 아름답고 친근한 곡 〈들장미〉(Heidenroeslein)와, 우리나라의 대표적인 민요 〈아리랑〉이 울려 퍼지자, 가슴이 뭉클하면서 감동이 전해졌다. 먼저 자리를 뜨신 분들이 이 하이라이트 곡들을 듣지 못하고 나가신데 대한 안타까운 생각이 들었다.

〈아리랑〉을 독일 성당에서 들으니, 미사곡이나 성가곡처럼 경건하게 들리면서, 세계적인 합창곡으로도 손색이 없겠다는 생각이 들었다.

마인츠 성당에서 한국 최고의 합창단들이 부르는 〈아리랑〉과

〈뱃노래〉, 〈물레〉 등 한국의 잘 알려진 민요와 가곡, 아름다운 향수의 노래들을 한국 교민들과 독일인들이 들을 수 있도록 실제적인 섭외와 홍보로 수고하신 원희 Natermann 여사에게 아름다운 음악회에 초청해 주신 데 대해 감사의 인사를 드리고 성당을 나왔다. 오월의 봄비가 부슬부슬 내리고 있었다.

"아리랑, 아리랑, 아라리요. … 청천 하늘엔 별도 많고 우리네 가슴엔 꿈도 많다." 아리랑의 고운 선율이 고국을 떠나 독일에 살고 있는 한국 교민들과 독일인들의 메마른 가슴을 적시며 가슴 가슴마다 아름다운 꽃송이 같은 꿈들을 피게 해 줄 봄비가 되어 세계로 흘러가기를 바라며, 노래로 맑게 씻긴 가슴을 안고 돔 (Dom) 광장을 걸어 나왔다.

시인 어머니에게 시를

어머니의 팔순 생신을 맞아 3년 전에 한국에 다녀왔을 때였다. 시인이나 소설가들은 대개 팔순을 기념하여 그동안 발간하였던 저서들과 발표하였던 작품들을 총망라한 작품집 전집을 발간하신 다고 어머니는 말씀하셨다. 어느 누구도 90세까지 사신다는 보장을 할 수 없으므로 보통 80세가 되면 작가로서의 인생을 정리하시고 작품을 남기시는 의미에서 전집으로 묶는다고 하셨다. 그리고 거의 일 년에 걸쳐 전집 발간 준비를 하셨다.

독일에 살고 있는 나는 평소에 가까이에서 어머니를 실제적으로 많이 도와 드리지 못하였다. 그래서 조금이라도 전집 발간일에 도움이 되어 드릴까 싶어서 어머니 시작품을 교정이라도 해 드릴 수 있으니 이메일로 작품을 보내 달라고 말씀드렸다. 그러나 어머니는 직접 교정을 보셔야 한다고 하시면서 시인으로 등단하신 후,

약 45년이라는 오랜 세월에 걸쳐 발간하셨던 시집 13권에 실렸던 작품들과 또 한 권 분량의 시작품 천여 편을 읽고 교정 작업을 하시면서 전집 앞쪽에 실릴 가족 사진, 다른 작가들과 찍은 서른 다섯 장에 달하는 사진에도 일일이 설명을 붙이셨다.

한국 여행을 떠나기 몇 달 앞두고 독일에서 전화를 드렸더니 "이번 전집 발간 기념 행사 때 내 팔순 축시를 네가 한 편 준비해 주었으면 좋겠다."고 하시는 것이 아닌가. '아니, 쟁쟁하신 원로, 중진 시인들과 작가 거의 백 명이 참석하게 될 그 모임에 나보고 축시를 발표하라고 하시다니!' 하는 생각에 잠시 말문을 잃고 있다가 모처럼 어머니 부탁인데 거절하기도 어려워서 "알았어요." 하고 대답을 해 드릴 수밖에 없었다. 덧붙여 말씀하시기를 "시를 쓰면 내게 먼저 메일로 보내 보아라."고 하시는 것이 아닌가.

마음에 부담만 안고 있다가 축시를 쓰지 못한 채 한국에 나가게 되었다. 한국에 나가서 며칠 지내면서도 다른 여러 일정으로 시간을 못 내다가 기념 행사 당일에야 일찍 일어나 그동안 쌓였던 생각들을 가지런히 정리하면서 겨우 축시를 한 편 완성하였다.

축하 행사장인 코리아나 호텔의 글로리아홀에는 그날 축사를 해 주시기로 하신 원로 시인 김남조 선생님이 90세가 넘은 연세에도 고우신 모습으로 참석하셔서 어머니의 시인으로서의 인생과 작품 세계를 격려해 주셨고 칭찬해 주시는 축사를 해 주셨다.

몇 분 시인, 작가들의 축사와 격려사 후에 내 축시 발표 순서가 되었다. 한국에 나와서 새로 맞춘 한복을 차려 입은 나는 익숙하지 않은 하늘색 저고리, 가지색 긴 치마를 끌면서 단상으로 나갔다. 단상에 서서 바라보니, 바로 왼편 앞쪽 테이블에는 원로 여류 시인 김남조 선생님, 어머니와 함께 일찍이 여류 시인들의 동인 모임이었던 청미회를 함께 하셨던 김후란 선생님, 시조시인 이일향 선생님, 어머니의 서울 성균관 대학 동창이면서 오래된 친구분이시기도 한 소설가 이정호 선생님, 저만치 가운데 테이블에는 시인 강우식 선생님, 박제천 선생님 등이 앉아 계셨다.

　숨을 크게 들이마시고 난 후에 침착하고 또렷한 목소리로 축시를 한 행 한 행 읽어 나갔다. 중간 무렵에서 어머니의 삶을 생각하며 낭송하다가 목소리가 떨리면서 눈물이 흘렀다. 오십여 년 세월을 홀로 네 자녀들을 대학까지 공부시키시며 고단한 교사의 삶, 시인의 삶, 어머니의 삶을 치열하게 살아오신 인동초와 같았던 인내의 삶, 희생의 삶을 떠올리니 눈물이 솟구쳐 올랐다. 그러나 중단할 수도 없어서 눈물을 삼키고 낭송을 이어 나갔다. 단상 오른편 앞쪽에 가족석 둥근 테이블에 앉아 계시던 어머니와 칠순이 되신 외삼촌도 손수건을 꺼내 눈물을 닦고 계신 모습이 눈에 띄었다.

　축시 낭송을 마치고 내려오니 시인, 소설가 작가 분들이 힘껏 격려의 박수를 보내주셨다. 여러 작가 분들이 축시가 감동적이었다고 말씀하셨다고 하며 어머니가 기뻐하시는 모습을 보니, 조금이나마 어머니 팔순 축하 모임에 기여를 한 것 같아 안심이 되었다. 그러나 여전히 마음속에는 어떻게 그 많은 시인들 앞에서 축시를 발표하도록 어머니가 내게 부탁하셨을까 싶었다.

이 축시는 그 이듬해 2013년, 국제 펜클럽 한국본부에서 첫 시도로 발간된 ≪내 삶의 단 한 사람 그대≫라는 제목이 달린 PEN POEM 1호 시집에 〈어머니〉라는 제목으로 실렸다.

내 곁의 한 편의 시,/ 내 마음밭에 생명의 씨앗 떨어뜨렸네./ 한 행 한 행 읽어 나갈 때/ 내 마음 바위 벽에/ 감동의 파도 철썩거리며 부딪쳐 오네.

내 눈앞의 한 그루 인동초, / 온몸 휘감기는 매서운 바람/ 마음 온통 차갑게 적시는 장대비/ 이 악물고 견디고 견디어/ 찬란한 금빛, 은빛 꽃송이 피우네.

당신의 이름은 어머니/ 그 이름 안에/ 나를 채워 주는 넉넉함,/ 외로운 내 편에 서 주시는 든든함, /내 추운 마음 데워 주는 사랑의 불이 늘 타고 있네.

당신의 아픈 눈물의 비, / 당신이 비추시는 따뜻한 사랑의 햇빛. / 장성한 나무 한 그루로 날 키우네.

사랑의 두레박질 쉬지 않으시는 어머니, / 당신의 모든 땀과 눈물에 감사합니다.

당신의 모든 것을 사랑합니다. / 희망의 시 한 편으로 늘 내 곁에 머무소서.

지난 5월 8일, 어버이날에 어머니께 감사 메일을 보내려고 컴퓨터 앞에 앉아 메일을 쓰다 보니 나도 모르게 그만 한 편의 시가 되어 버렸다. 아침에 어머니께 메일을 먼저 보낸 후에 오후 2시경 한국으로 전화를 드렸다. 어머니는 메일을 잘 받았다고 하시면서 "네가 보내 준 시에 내가 감격하였다." 고 칭찬을 해 주셨다. "시인이신 어머니가 시를 잘 썼다고 칭찬해 주시니 기분이 좋네요." 하고 답했다.

독일에서 드리는 딸의 전화 목소리를 아직 알아들으실 수 있는데 대한 감사의 마음이 들면서 아직 어머니의 귀가 들리는 동안에 전화를 자주 드려야겠다고 생각했다. 내 부족한 시를 잘 썼다고 칭찬해 주시고 감격해 주시는 시인 어머니의 격려에 내가 시인이 되었구나 싶었다. 시인 어머니가 감격하셨다는 졸시를 옮겨 본다.

　　어머니의 붉은 눈물/ 어머니의 진주 같은 땀/ 어머니의 긴 한숨
　　어머니의 간절한 기도/ 어머니의 뜨거운 섬김의 노고
　　어머니의 한없는 희생적인 사랑에
　　마음 깊이 우러나오는 감사와 사랑의 카네이션을
　　어머니의 사랑으로 불타는 가슴에 달아드립니다.

　　어머니, 사랑합니다./ 건강하게 오래 사셔서
　　축복으로 받으신 네 자녀들
　　새 가족으로 선물로 받으신 두 사위, 두 며느리
　　축복의 샘으로 받으신 다섯 손자, 세 손녀들
　　은혜의 열매로 받으신 증손자, 또 10월에 태어날 생명도 기도로 지
　켜 주시고
　　복의 근원 예수님을 구주로 믿으시는 믿음으로 영생을 누리시며
　　늘 저희들과 믿음과 소망과 사랑 안에서 함께하여 주시기를 기도합
　니다.

　　시적으로는 큰 비유나 상징을 쓰지 않은 채 한 편의 기도문과
같은 기도시였다. 일반적인 산문으로 쓴 메일이 아니라 어머니께

대한 사랑과 감사의 고백과 기도를 투박하나마 시의 그릇에 담아 진솔한 마음으로 어머니께 드렸기 때문에 시인 어머니를 감격하게 해 드린 것이 아닌가 싶다.

　언제 또 시인 어머니를 감격하게 하고 기쁘게 해 드릴 시를 선물해 드릴까. 건강하게 90세를 넘겨 사시도록 기도드리는 마음이다. 구순 생신 때 다시 떨리는 목소리로 축시를 낭송해 드릴 수 있도록….

한국이 낳은 의성(醫聖) 허준과 ≪동의보감≫

　≪동의보감≫을 소설로 읽었다. 이은성 작가가 사력을 다하여 썼던 소설 ≪동의보감≫ 상·중·하 세 권을 일주일 동안 섭렵하였다. 오래전, 한국에서 텔레비전 방송 드라마로 상영되어 당시 최고의 시청률을 올렸다는 소문은 들었으나 독일에 살고 있는 터라 14부작에 이르는 드라마를 볼 기회를 가지지 못했는데, 최근에 이 책을 선물로 받았다.

　1990년 초판이 발행되어 1993년 61쇄 발행된 상권을 읽은 후, 1995년 62쇄 발행된 중권, 1995년 63쇄 발행된 하권을 끝까지 읽을 때까지 중간에 책을 놓을 수가 없었다. 저녁 늦게 읽기 시작한 두 권째 책을 새벽 두시 반까지 끝까지 다 읽고서야 잠을 청했다. 그리고 그 다음 날 세 권째 책을 또 끝까지 다 읽었다. 그만큼 조선 선조 시대의 어의였던 허준과 그 허준을 심의(心醫)가 되기까지 그에게 의원으로서의 올바른 마음가짐을 타협 없이 분명하게 가르쳐 준 스승 유의태 의원의 인물에 사로잡혔다.

저자 이은성 작가는 1967년 동아일보 신춘문예 시나리오 부문 〈녹슨 선(線)〉이 당선되었다. 그 이후 1969년 제15회 아시아 영화제에서 〈당신〉으로 최우수 각본상, 1973년에는 〈세종대왕〉으로 대한민국예술제 각본상 수상, 1976년에는 〈집념〉으로 제 12회 한국연극영화 TV 예술상 최우수 시나리오상 수상, 1984년 〈개국(開國)〉으로 한국연극영화 TV 예술상, TV각본상 등을 수상한 한국의 대표적인 시나리오 작가 중의 한 사람이다.

1976년에 허준을 주인공으로 만들었던 영화 ≪집념≫을 주위의 권유로 소설로 쓴 작품이 ≪동의보감≫이다. 본래 이 소설을 춘·하·추·동으로 나누어 네 권을 쓰려고 계획하였으나 1988년, 작가가 집필 중에 마지막 동(冬) 편은 미처 쓰지 못한 채 눈을 감게 되어 세 권만 유작으로 남게 된 작품을 창작과비평사에서 1990년에 출간한 것이다.

허준이 ≪동의보감≫을 쓰게 된 계기는 이 책에 따르면, 중국에 ≪본초강목≫이라는 책이 있다는 소식을 듣게 된 것이라고 쓰여져 있다. 당시 중국에서 세상 만병의 발단과 진행을 열여섯 줄기로 대별한 후 이어서 동·식·광물 1,892종의 약재를 망라한 약물의 효험을 기록한 중국 명나라 이시진이 30년에 걸쳐 집대성하여

1596년에 간행한 약학서 ≪본초강목≫ 책이 있다는 소식을 듣고 그는 조선에 맞는 의학 서적을 남겨야겠다는 사명감에 불타게 된 것이다.

그가 남긴 ≪동의보감≫은 최초의 대중 의학 사전으로서 2009년, 유네스코 세계 기록문화유산에 등재되었는데 기록문화유산 중 유일한 의학 기록이라고 한다. 선조의 왕명을 받고 기록, 편찬하기 시작하여 광해군 2년인 1610년에 완성, 1613년에 내의원에서 목활자로 편찬하게 되었다. 총 25권 25책에 이르는 이 책은 내과학인 내경편, 외과학인 외경편, 잡병편, 약물 탕액편과 침구편 등 다섯 가지로 나누어 기록되어 있다.

소설 ≪동의보감≫의 첫 부분에서 평안도 용천 군수의 서자로 태어난 신분으로 과거에 응시할 수도 없고 자손 대대로 천민의 신분을 물려줄 수밖에 없는 허준의 시대에 대한 울분을 잘 묘사하고 있다. 허준은 생부의 배려로 어머니와 함께 그곳을 떠나기 전, 귀양 보내진 병든 아버지를 돌보고 있던 양반 가문의 다희와 운명의 섭리로 만나 백년가약을 맺고 산음현(지금의 경남 산청)에 이르게 된다. 막상 산음현에서 만나고자 하였던 생부의 지인은 만나지 못하게 되었으나 그 지인에게 은혜를 입은 하인의 도움으로 산음에서 새로운 삶의 뿌리를 내리면서 스승 유의태 의원과 운명적인 만남을 갖는다. 그는 유의태 의원의 제자로 들어가 의업을 배우고자 7년간 시간을 보내지만 다른 제자들의 모함과 시기에 시달린다. 취재 시험을 보러 한양으로 올라가는 도중에 만난 병자들을 돌보느라 늦게 시험장에 도착한다. 결국 빈손으로 다시 산음현 집으로 돌아와야 했다. 하지만 허준은 포기하지 않고 다시 그 이듬해 취재 시험에 합격하여 내의원이 되어 마침내 꿈을 이루게 된다.

유의태 의원은 외아들인 유도지가 자신이 못다 한 어의의 꿈을 이루도록 내의원 시험에 합격하여 의원이 되기를 간절히 원하였다. 취재 시험을 치르기 위해 한양으로 올라가던 도중에 만난 병자들을 치료해 주기 위해 취재 시험을 치르지 못한 허준의 소식을 나중에 전해 듣는다. 그리고 병자의 치료보다 자신의 영달을 위해 매정하게 발길을 돌린 아들의 이야기를 듣고 아들과의 인연까지 끊게 된다. 그 후 위암에 걸린 자신의 몸을 해부하여 아직 살아 있는 사람의 몸을 들여다보고 앞으로 많은 병자를 돕는 데 도움이 되도록 자신의 몸을 기꺼이 제자 허준에게 해부 대상으로 맡기기 위해 자결한다.

허준은 스승의 희생으로 위를 비롯한 사람의 몸을 해부해 본 기억을 살려 당시 선조의 총애를 받던 공비의 남동생을 온 정성으로 위암에서 치료하여 선조의 신임을 받고 어의까지 오르게 된다. 이 선조의 명령을 받들어 그는 마침내 조선 최초의 의학 서적인

≪동의보감≫을 편찬하였다. 이 책을 남긴 이유는 그동안 조선과는 기후나 토양이 다른 중국 의술에 의존하던 조선의 의학을 조선에 맞는 기후, 토양에 따른 조선의 의학을 정립시키고 일반 백성들도 쉽게 그 용어를 이해할 수 있도록 편찬하는 등 나라와 백성을 사랑하는 마음에서 사명감을 가지고 정리한 것이다. '동의'는 당시 조선을 일컫는 말이며 '보감'이란 보배로운 거울과 같다는 뜻이다.

선조가 임진왜란으로 신하들과 함께 대궐을 떠나 몽진할 때에도 허준은 혼자 따로 남아 내의원에 있는 처방전 등 책이 소실되거나 분실되지 않도록 무거운 책들을 싼 짐을 등에 지고 임금의 뒤를 따라 떠나고자 하였다. 이러한 허준에게서 조선 백성이 병이나 돌림병에서 고통받지 않도록 전란 중에도 끝까지 책임을 다하는 의성의 모습을 읽어 낼 수 있었다.

이처럼 의로운 허준이었으나 허준이 취재 시험에 가장 좋은 성적으로 합격하는 순간부터 당시 어의였던 양예수와 그의 측근들로부터 끊임없는 시기와 모함을 받는다. 그러나 이러한 시기, 모함에 좌절하거나 요동하지 않고 끝까지 자신의 주관과 옳다고 생각하는 바를 이루어 나가는 허준의 모습에서 단순한 명의가 아닌 심의, 더 나아가 고난과 고통 중에서 의연한 의업을 이루어 낸 의성(醫聖)의 모습을 볼 수 있다.

정도(正道)를 걷지 않고 세상 권력이나 재력에 의지하여 영달을 얻고자 하는 굽은 마음과 의롭지 않은 굽은 인생을 사는 자들은 결국 언젠가 스러지고 마는 사필귀정(事必歸正)의 진리를 책 곳곳에서 읽을 수 있다.

이 책을 읽은 후 한동안 유의태 의원과 허준의 큰 인물 됨됨이와 의로운 삶에서 받은 큰 감동을 안고 지냈다. 이 땅에서 의사가 되고자 하는 자들이나 인재를 키우고자 하는 자들은 필히 이 소설을 읽어야 한다는 생각이 들었다.

독일에서 자라 결혼한 큰아들이 마침 우리 집에 들렀을 때, 허준에게 매료되어 허준이 어떤 사람인가 설명하였다. 옆에 앉아 있던 남편이 나를 도와서 아들에게 '허준은 한국의 히포크라테스'라고 명료하게 말해 주었다.

(2015년 6월, 교포신문)

헨델의 〈메시아〉

　매년 성탄절이 가까이 오면 헨델이 1741년에 작곡한 〈메시아〉 곡이 세계 곳곳에서 연주되곤 한다. 특히 음악회 연주홀이나 교회, 성당에서 장엄한 〈할렐루야〉 합창이 울려 퍼진다. 런던 공연 때 영국 왕 조지 2세가 2부 마지막 곡인 〈할렐루야〉 합창을 듣고 감동하여 자리에서 벌떡 일어난 이후로 모든 청중들이 자리에서 일어나 경의를 표하곤 한다. 예수 그리스도의 탄생과 수난과 속죄, 부활과 영생의 내용을 담고 있는 〈메시아〉 곡은 모두 3부의 53곡으로 이루어져 있으며 연주 시간이 장장 2시간에 이르는 대곡이다.

　헨델은 1685년 독일 할레에서 태어나 1711년에 영국으로 귀화하였다. 9살 때부터 작곡과 오르간을 공부하기 시작하였다고 한다. 18세 때부터 오페라 극장에 일자리를 얻어 이때부터 음악가의 길을 가게 되었다. 오페라 작곡가이며 음악 감독으로 전성기를 보내다가 극장 경영의 어려움과 건강의 악화로 절망의 시기를 보내야 했다.

한때 뇌일혈로 쓰러져 음표도 그릴 수 없을 정도로 건강이 나빴다. 그러나 기적적으로 건강을 회복한 후에도 아직 힘든 침체기에 있었을 때, 신학자이자 작가였던 찰스 제넨스(Charles Jenens)로부터 온 편지를 받고 이 곡을 작곡하였다. 헨델은 "위로하라 위로하라 내 백성을!" 로 시작하는 제넨스의 글을 통해 힘을 얻고 〈메시아〉를 작곡하였다.

헨델은 1741년 8월에 〈메시아〉의 1부 예언과 탄생을 6일 만에 작곡하고, 2부 수난과 속죄를 9일 만에, 3부 부활과 영생에 대한 곡을 3일 만에 완성하여 24일 만에 이 곡의 악보를 완성하였다고 한다. 그만큼 그가 받은 영감을 토대로 하여 이 대작을 위한 작곡에 몰입하여 작품을 완성하였다는 것을 짐작할 수 있다. 〈할렐루야〉를 작곡할 때 천국의 모습이 그의 눈앞에 환영으로 보였다고 한다.

1742년 4월 고난 기간에 아일랜드 더블린에서 초연되었던 헨델의 〈메시아〉는 오늘날까지 270여 년이 넘도록 시대와 국경을 초월하여 연주되는 감동의 대작이다. 하이든이 헨델의 〈할렐루야〉 합창곡을 듣고 감동을 받아 〈천지 창조〉를 쓰겠다는 결심을 하였다고 전해진다. 베토벤이 가장 존경한 작곡가도 헨델이라고 한다.

절망 상황 가운데 있던 헨델이 "위로하라 위로하라 내 백성을 위로하라." 는 이사야 40장 1절 말씀을 인용하여 보내 온 제넨스의 편지를 읽고 하늘의 위로의 음성을 들었으리라. 죄와 죽음의 세력 아래 고통하는 사람들을 구원하기 위해 십자가에서 어린 속죄양이 되어 대속의 죽음을 당하신 메시아, 죽음의 세력을 이기고 부활하신 그리스도가 '진정한 위로자'라는 깨달음과 믿음을 가지고 이 대곡을 단숨에 작곡하였을 것이다. 〈메시아〉 1부 서곡 후 첫 곡으로 '내 백성을 위로하라'는 부드럽게 위로하듯 시작되는 테너 아리아가 나온다.

그는 259쪽이나 되는 대곡의 악보를 직접 손으로 필사한 후에 악보 끝에 자필로 '오직 하나님께 영광을'이라는 뜻의 "SDG"(Soli Deo Gloria)라고 썼다고 한다. 자신의 재능이나 능력으로 작곡할 수 없었고, 영감을 주신 하나님의 도우심으로 작곡하였다는 것을 밝히고 있다.

오늘도 병상에 누워서 바깥세상의 활력을 느껴 보지 못하고 인생의 허무와 싸우는 분들, 근심 가운데 그들을 간호하는 가족들, 사업에 실패하여 거액의 투자금을 잃어버리고 좌절 가운데 빠진 사업가들, 배우자나 자녀가 병이나 갑작스러운 사고를 당하였거나 먼저 세상을 떠나 말할 수 없는 고통과 한숨과 눈물 가운데 있는 사람들, 억울한 일과 상처받은 일로 불면의 밤을 보내며 아파하는 자들, 재능을 꽃피우지 못하고 침체기에서 절망하고 있는 예술가들, 외로움과 고통으로 인생의 기쁨을 잃은 자들…. 모두 위로가 필요하다. 진정한 위로자가 필요하다.

헨델은 자신이 그러한 절망 상황 가운데 있을 때 위로받았던 메시아, 구원자 그리스도의 위로로 백성들을 위로하기 위해 24일간 침식을 잊은 채 〈메시아〉 작곡에 매달렸다. 그의 음악은 우리를 위로한다. 그가 절망스런 상황을 극복하고 작곡하였던 곡이기에 더욱 위로가 된다. 그가 묻힌 웨스트민스터 사원의 묘비에는 〈메시아〉에 나오는 소프라노 아리아 'I know that my Redeemer liveth'(내 주는 살아 계시니)라는 구절이 새겨져 있다고 한다.

3부
여행의 위로

(브레멘 시청 앞에서, 2015년 3월)

(브레멘 음악대 동상)

(크로아티아 두브로브니크에서, 2013년 6월)

(다름스타트 마리아자매회 2015년 6월)

발칸의 진주, 크로아티아

영국의 유명한 극작가 조지 버나드 쇼가 지구상의 천국이라고 극찬한 곳이 있다. 그는 "지구상에서 천국을 찾으려거든 '두브로브니크'로 가라."고 하였다고 한다. 발칸의 진주라고 알려져 있는 크로아티아 최남단에 두브로브니크가 자리잡고 있다.

큰손자의 결혼식에 참석하시기 위해 독일에 오신 친정어머니를 모시고 짧은 크로아티아 여행을 다녀왔다. 남편과 막 새신랑이 된 큰아들이 번갈아 운전을 하면서 독일 라인강이 흐르는 도시 마인츠에서 출발하여 두브로브니크의 아드리아해까지 자동차 여행을 하고 돌아온 것이다.

파란 하늘과 푸른 바다가 끝없이 펼쳐지는 '블루로드'로 불리는 크로아티아. 짧은 3박 4일의 여행기간 중 많은 시간을 자동차 안에서 보내야 했지만, 푸르고 수정같이 투명한 아드리아 해가 아직 내 눈앞에 넘실거리며 흐르고 있다.

플리트비체(Plitvicka Jeyera) 국립자연공원 계곡에서 쏟아져 내리던 시원한 폭포수가 아직도 눈앞에서 흐르며 귀에도 콸콸거리며 들리고 있다.

6월 첫 주 화요일, 아침 식사 후에 자동차에 햇반 몇 개, 과일, 당일 점심 도시락, 음료수들을 챙겨 넣고 9시 15분경, 팔순 어머니를 모시고 자동차 뒤 좌석에 나란히 앉아 여행길에 올랐다. 눈 덮인 알프스 산이 보이는 오스트리아를 지나고 숲이 울창한 슬로베니아를 지나서 크로아티아의 수도 자그레브에 도착한 시간은 밤 9시 15분경이었다.

독일과 마찬가지로 크로아티아도 밤 9시가 넘었는데도 아직 대낮같이 환하여 자그레브 시내 건물들을 잘 볼 수 있었다. 생각했던 것보다 번화한 도시였고, 독일의 도시들과는 달리 높은 아파트 밀집 지역이 자주 눈에 띄었다. 크로아티아에 살고 있는 한국 교민은 30여 명 정도이다. 자그레브에 오래 전부터 살고 있는 후배 집을 찾아 아드리아해에서 건져 올렸다는 먹음직한 생선 요리를 맛있게 먹은 후 아담하고 깨끗한 한인 민박에서 첫 여장을 풀었다.

첫날의 긴 자동차 여행으로 지친 심신을 풀고 난 다음 날 아침, 플리트비체 자연공원을 향하여 달려서 11시 45분경에 도착했다.

선글라스와 모자를 쓴 관광객들이 웅성거리며 자연공원 앞에 모여 있었다. 이 자연공원은 크로아티아 관광객들이 필수코스로 찾아오는 중요한 관광 명소로 자리잡고 있다. 1949년에 크로아티아의 첫 국립자연공원이 되었고, 1979년에는 유네스코 세계문화유산으로 지정된 곳이다.

공원 입구를 통과하여 등산 코스처럼 좁은 길을 주욱 따라 올라가니, 마치 한국의 등산 코스를 오르는 것 같은 느낌이 들었다. 계곡에서 떨어지는 70m가 넘는 긴 폭포수가 하얀 구름 같은 거품을 내며 시원하게 쉴 새 없이 쏟아져 내려오고 있었다. 뗏목처럼 나무 조각을 엮어 만들어진 나무 다리를 건너며 바라보이는 호수가 얼마나 깨끗하고 맑은지 마치 요한계시록에 묘사된 생명 강가가 이런 곳이 아닐까 하는 생각이 들었다. 에메랄드 빛 호수면은 바라만 보아도 마음이 온통 푸른 색으로 물들어 버릴 것 같았다. 요정들이 노는 호수라는 말도 전해올 법 하였다.

배를 타는 곳에 이르니 벌써 그곳에 도착한 관광객들과 단체로 수학 여행 온 듯한 학생들이 배를 타려고 길게 줄을 서 있었다. 유리같이 맑은 호수 면을 배가 통통거리며 미끄러졌다. 다시 입구로 내려오는 길에 나이가 지긋이 들어 보이는 몇 사람이 독일어로 이야기하며 지나가기에 우리도 독일에서 왔다고 인사를 하자, 그들도 드레스덴에서 왔다고 반갑게 인사를 하였다. 십 대 여학생들이 단체로 그곳에 왔는데 그들도 독일 프랑크푸르트에서 수학 여행을 왔다고 하였다.

제대로 다 둘러보려면 며칠이 걸린다는 국립자연공원을 짧은 여행 일정상 세 시간 정도 돌아본 후에 스플리트(Split)로 향하여 달리기 시작했다. 약 3시간 반 정도 달리는 길은 줄곧 해안을 끼고 달리는 절경이었다. 우리의 자동차 여행길을 친절히 안내하듯이 바다는 호위하듯 줄곧 따라오며 평화스럽게 흐르고 있었다.

Split에 예약했던 숙소에 도착하니 저녁 7시가 다 되었다. 키가 훤칠히 크고 친절한 주인아주머니가 2층 전체를 우리 네 사람이 이틀 동안 묵을 숙소로 내주었다. 집 안에 들어서니 거실에 딸려 있는 테라스 너머로 바다가 눈에 쫘악 펼쳐 있다. 미처 기대하지 않았던 전망에 모두 환호성을 질렀다.

짐을 대강 푼 후에 숙소에서 약 5분 정도 내려가니 바다가 바라보이는 곳에 몇 개의 식당이 있었다. 크고 작은 배들이 떠 있는 바다가 바로 옆에 보이는 거리에 북적거리는 사람들과 상점들이 이태리의 베네치아를 연상시켰다. 저녁 식사를 마친 후 시내를 돌아보니 밤 10시가 지났는데도 사람들이 상점이나 거리, 식당에 가득 차 있어서 보통 저녁 7시 후면 조용해지는 독일의 밤거리와는 확연히 다른 모습을 보여 주었다.

다음 날 아침, 두브로브니크로 출발하였다. 두브로브니크시는 푸름의 절정을 보여 주는 바다로 유명하다. 영국 시인 바이런 (1788~1824)은 이 도시를 '아드리아해의 진주'라고 노래했다고 한다. 고딕 양식과 르네상스 양식의 건축물을 자랑하는 이 도시는 15세기 고성으로 둘러싸여 있다. 이 두브로브니크 구시가도 1979년 유네스코 세계문화유산으로 지정되었다고 한다.

두브로브니크에 들어가기 전, 몇몇 사람들이 해수욕을 하고 있는 조용하고 깨끗한 해변가에 있는 레스토랑에서 점심 식사를 한 후에 다시 차를 몰아 뜨거운 햇빛이 내리쬐는 오후 3시경, 고성이 있는 곳에 도착하였다. 기념품 파는 쇼핑 가게들이 즐비한 곳에 관광객들이 북적대는 플라자 거리를 따라 내려와 좁은 계단을 올라가서 25m 높이의 성벽 투어를 하였다.

돌로 단단하게 지어진 웅장한 성을 타고 올라가 달팽이처럼 구불구불한 길을 따라가니 푸른 아드리아해가 한눈에 들어오는 절경이다. 전망대에서 내려다보이는 해변가에는 그 푸르디푸른 바다의 유혹을 이기지 못하고 물에 첨벙 다이빙하여 들어가 유유하게 수영을 하고 있는 관광객이 적지 않게 눈에 띄었다. 고성 주위의 호박색 붉은 지붕 색의 집들은 이 도시를 더 풍성하고 생동감 있게 만들어 주었다.

다시 자동차에 올라 Split로 돌아오니 밤 9시 반경이었다. 시내 먹자 골목에서의 저녁식사 계획은 늦어진 시간으로 아쉽게 접어야 했다.

마지막 날 아침 9시 반에 Split를 떠나 자그레브로, 자그레브에서 다시 슬로베니아, 오스트리아를 거쳐 하루 종일 자동차 여행을 하여 새벽 두 시쯤 독일에 도착하였다. 팔순 어머니가 건강하게 여행을 잘 마치고 돌아오신 것이 제일 감사한 일이었다.

처음으로 크로아티아로 여행하는 길이라 정보가 없어서 남편은 신나게 오스트리아를 통과하였고, 갈 때에는 아무 제지가 없었는데 돌아올 때 통행세를 내지 않았다고 벌금 120유로를 물어야 했다. 발칸의 진주 크로아티아, 아드리아해의 진주 두브로브니크의 푸른 바다를 보고 온 거금의 팁을 오스트리아에 주고 온 셈이다.

크로아티아를 다녀온 몇 주 후, 7월 1일부터 EU 28번째 회원국으로 가입하여 폭죽을 터뜨리며 환호하는 국민들이 텔레비전 뉴스와 신문을 장식하고 있었다. 다음에 크로아티아를 여행할 때에는 옛 화폐 쿠나 대신 유로를 사용하게 될 것이다. 크로아티아로 가는 여행의 문턱이 훨씬 낮아지고 거리는 더 가까워진 느낌이 들었다. 그 수정같이 투명하고 신비로운 물빛을 보러 가는 날이 다시 올 수 있기를 벌써부터 바라는 마음이다.

욕심이 많은 것일까. 아니면 발칸의 진주가 뿜는 빛이 그만큼 강렬하여서 내 마음이 벌써 그곳으로 끌려가고 있는 것일까.

(2013년 6월)

천년 고도 경주 여행

독일 사람들은 다른 나라로 여행을 할 경우, 비행기 값을 생각해서라도 최소한 2주일이나 3주일 동안 휴가를 다녀온다. 그러나 직장에 다니는 남편과 고등학생 딸이 있는 나에게 그나마 혼자 며칠간이라도 한국 여행을 다녀오는 휴가는 그 자체가 값진 휴가가 된다. 어떤 미지의 나라이거나 잘 알려진 휴양 도시로 떠나는 것이 아니라 내가 태어나고 자란 모국으로 떠나는 여행이 어느새 나에게 휴가 여행이 되었다.

일상의 일에서, 그리고 익숙한 삶의 터전을 잠시 떠나 새로운 환경과 새로운 사람들을 만나 몸과 마음이 휴식을 얻어 앞으로의 더 나은 삶을 위한 재충전의 시간을 갖는 것을 휴가라고 한다면, 내게는 어머니를 비롯한 가족 친지들이 살고 있는 모국인 한국이 참 휴양지이며, 한국 여행이 바로 나의 휴가 여행이다.

지난 5월 말에서 6월 첫 주에 걸쳐 12일간의 한국 여행을 다녀왔다. 이번 여행은 여느 한국 여행 때와는 달리 서울에만 머문 것이 아니라 팔순이 넘으신 친정어머니를 모시고 경주 여행을 한 것이 내게 쉼과 재충전의 시간이 되었다. 머리를 양 갈래로 땋은 교복 차림으로 경주 불국사 석가탑 앞에서 선생님들과 찍은 사진이 학생 시절 앨범에 들어 있으니 그때가 고등학교 2학년 수학여행 때였다.

　　그리고 나서 결혼 3년째 되던 해에 독일에 건너가서 살다가 7년 만에 처음으로 만 9살 된 아들과 함께 한국에 나와서 경주 불국사와 첨성대, 왕릉 등 유적지를 구경하였다. 그리고 이번에 21년 만에 경주를 찾았다. 나의 십 대와 삼십 대, 그리고 오십 대에 걸쳐 방문한 경주는 신라시대와 통일신라시대의 수도였던 천년 고도의 오랜 역사의 향기를 여전히 곳곳에 머금고 있었다.

　　경주에 살고 있는 친구가 어머니와 나를 안내하였는데, 경주가 홍수와 같은 큰 자연 재해가 없고 교통이 편리하다고 말해 주었다. 아마도 그 당시 이러한 풍수지리설에 따라 경주를 수도로 정한 것이리라.

　　불국사는 이전에 두 번이나 가 보았던 터라 다른 곳을 가려 했는데 그래도 언제 다시 또 경주에 와 보랴 싶어 불국사에 올라갔다. 웅장한 대웅전 옆과 국보 제 20호인 다보탑 앞에서 증명 사진을 열심히 찍었다. 다보탑과 마주 서 있던 석가탑은 오랜 세월의 무게를 이기지 못했는지 수리 중에 있어 따로 별관에 눕혀져 있었다.

불국사를 나오면서 바로 후문 맞은 편에 위치한 '동리·목월문학관'에 들렀다. 이 '동리·목월문학관'은 한국 문학 산맥에서 두 문학의 거봉이라고 할 수 있는 김동리 소설가와 박목월 시인을 기념하여 8년 전에 경주시가 세운 문학관이라고 하였다. 이분들이 태어난 곳이 경주인 줄 모르고 있었는데 새삼 천년 고도 경주의 오랜 역사와 자연환경이 문학의 대가들을 키워 낸 산실이 되었구나 하는 생각이 들었다.

김동리 소설가는 1936년 조선일보 신춘문예에 〈화랑의 후예〉가 당선되어 작품 활동을 시작한 이후, 46년 동안 창작에 몰두한 한국을 대표하는 작가이다. 이 문학관을 돌아보며 김동리 소설가의 〈등신불〉이 탄생한 작품 배경이 경남 사천에 있는 다솔사에서 지내며 들었던 '소신 공양'이 소재가 되었음을 알 수 있었고, 〈을화〉가 노벨문학상 최종심까지 갔던 작품임을 알게 되었다.

박목월 시인은 처음에 동시로 문단에 등단하였는데 그가 태어나고 자란 자연이 자연스레 그에게 동심을 심어 주었을 것이라는 생각이 들었다. 그가 남긴 동시집 중에서 ≪산새알 물새알≫은 내가 어릴 적에 읽었던 낯익은 제목이라 더욱 반가웠다. 그의 시

〈나그네〉는 내가 아직 외우고 있는 몇 편 되지 않는 애송시 중의 하나이다.

문학관을 나와서 자동차를 타고 보문단지에 내려 첨성대와 왕릉을 둘러보고 길을 따라 경주 김씨의 시조인 알지가 태어났다는 계림을 끼고 내려오니 경주 최씨 부자들이 살았다는 교촌 마을이 나왔다. 12대 400여 년에 걸쳐 경주 최씨 부자로 살았던 집에는 가훈이라고 할 수 있는 6훈을 기록한 푯말이 집 대문 앞에 세워져 있었다.

"과거는 하되 벼슬은 진사 이상은 하지 마라.", "만 석 이상 재산은 모으지 마라." 등은 세상 권력이나 재물에 욕심을 내지 말라는 가르침이었다. "재물은 똥거름과 같아서 쌓아두면 악취가 나서 견딜 수가 없고 골고루 흩뿌리면 거름이 되는 법이다." 라고 가르친 말은 자신들만의 부와 유익을 취하기 위해 재물을 취하는 자들이 많은 이 시대에 베풀고 섬기는 삶을 가르치는 참으로 필요한 재물관이라고 생각되었다. 특히 "사방 100리 안에 굶는 사람들이 없게 하라."는 교훈도 큰 감동으로 다가왔다. 그 당시에 벌써 경주 최씨 부자들이 가진 자들의 사회적 의무인 '노블레스 오블리제'를 실천하고 있었다는 것이 놀라왔다. 그 외 "흉년에 논을 사지 마라." 는 교훈은 가난한 자들에게 제값을 주고 논을 사라는 교훈이다.

이 마을과 고택을 둘러보면서 경주 최씨의 후손인 것이 자랑스러운 마음이 들었다.(독일에 와서 이곳 전통을 따라 남편 성을 따르게 되었다.) 까마득한 세월을 지나 신라시대 요석 공주가 살던 요석궁이 있던 자리에 지었다는 경주 최씨 조상의 고택과 마을을 찾아왔다는 것이 마치 타임머신을 타고 역사를 거슬러 온 듯한 느낌을 가지게 하였다. 그러니까 나의 뿌리는 이곳 경주에서 뻗어 나온 것이 아닐까.

경주 최씨 부자 집을 나와 근처에 있는 한 전통 찻집에 들렀다. 고풍스러운 기와집 너른 앞마당에는 색색의 이름 모르는 꽃들이 흐드러지게 피어 있었다. 신발을 벗고 방안으로 들어가 앉으니 여러 가지 꽃 열매를 바짝 말려서 넣어 둔 앙증스럽게 예쁜 작은 유리병들이 상 위에 놓여 있었다.

비염에도 좋고 머리를 맑게 해 준다는 목련차를 시켰다. 관상용으로만 알고 있었던 목련을 차로도 만들어 마실 수 있다는 것을 처음 알았다. 어머니와 친구는 각각 국화차와 민들레차를 주문하여 향기를 나누며 차를 음미하였다. 찻값이 상당히 비쌌지만, 난생처음 마셔 본 목련차였고 옛날 신라시대로 돌아간 듯한 고즈넉한 분위기를 맛볼 수 있어서 그리 아까운 생각은 들지 않았다.

찻집을 나와 다시 자동차를 타고 학교 역사 시간에 배웠던 포석정이 생각나서 들렀다. 그런데 학생 시절에 기억하던, 구불구불물이 흐르는 돌로 만든 타원형의 고랑에 신라의 왕과 귀족들이 술잔을 띄우고 잔이 자기 앞에 오면 시를 읊었다는 낭만적인 모습은 사라지고 덩그러니 메마른 돌고랑 만이 남아 세월의 무상함을 말해 주고 있었다. 포석정 주위에 수백 년이 넘어 보이는, 가지가 굵게 휘어진 소나무들이 숨은 역사의 이야기들을 품고 울창한 숲을 이루고 있었다.

비록 짧은 기간이었지만 팔순이 넘으신 친정어머니와 오붓이 떠난 기차 여행이었고, 한국의 천년 고도 경주와 내가 살고 있는 독일의 천년 고도 마인츠를 잇는 대 역사 여행을 하여서 그런지 꽤나 오랜 기간 휴가 여행을 다녀온 듯하였다. 천 년의 역사 의식과 비전을 마음에 담아 집으로 돌아왔으니 이만하면 짧지만 값진 휴가를 다녀온 것이 아닐까.

(그린에세이 2014년 7월)

유럽의 문화 도시 바이마르를 찾아

11월 초, 바이마르 여행을 짧게 다녀왔다. 독일이 낳은 세계적인 시인 괴테가 태어난 곳은 마인강변에 위치한 프랑크푸르트이지만, 그가 만 26세 때부터 생을 마감할 때까지 50년 이상 살면서 〈파우스트〉 등 대부분의 대작을 집필하였던 제2의 고향은 바이마르이다. 인간의 평등권을 처음으로 명시한 민주 헌법인 바이마르 헌법이 1919년에 제정되어 독일 최초의 민주 공화국인 바이마르 공화국으로 출발한 도시이며, 이 바이마르 공화국의 정신은 독일 연방공화국의 뿌리라고 볼 수 있다.

괴테와 실러, 니체, 바하, 리스트 등 세기의 문학가, 철학가, 음악가들이 살면서 독일 고전주의의 꽃을 피웠던 문화와 예술의 도시로서 괴테의 집과 실러의 집, 안나 아말리아 도서관 등 12개 건물과 지역이 '바이마르 고전주의' 유네스코 문화유산이다. 약

6만 5천 명이 살고 있는 작은 도시 곳곳에 아직도 예술의 거장들의 발자취가 면면히 남아 있는 예술의 도시이며, 1999년에 유럽연합에 의해 '유럽문화도시'로 선정되기도 하였다.

독일 통일 25주년을 맞는 해에 구 동독 땅을 밟는 감회가 새로웠다. 통독이 되었기에 마인츠에서 자동차로 약 두 시간 걸려 막힘 없이 바이마르에 다녀올 수 있었다. 구 동독의 경계를 넘어서니 단독 주택이나 연립 주택보다 옛 공산주의 국가에서 많이 볼 수 있는 대형 아파트 건물이 눈에 많이 띄었다.

바이마르에 도착하여 시내에서 도보로 걸어갈 수 있는 가까운 거리에 위치한 괴테의 집(Goethes Wohnhaus)을 관람하였다. 프랑크푸르트의 괴테 생가보다 훨씬 규모가 큰 바로크 양식으로 지어진 집으로서 1895년, 국립 괴테박물관(Goethe-Nationalmuseum)으로 이름이 붙여졌다. 이 집은 1782년부터 괴테가 세 들어 살았는데 결혼을 하고 가족이 늘어남에 따라 방을 넓혀 가다가 1794년에 당시 카알 아우구스투스 대공이 그 건물 전체를 사서 괴테에게 선물하였고 괴테는 이 집에서 50여 년간 살다가 임종하였다.

이 박물관 안에는 생전에 그가 작품을 쓰던 집필실, 그가 소장하였던 수천 권의 책이 보관되어 있는 도서실, 침대가 놓여 있는 작은 침실과 그 옆에 괴테가 앉은 채로 임종하였던 의자가 그대로 보존되어 있었다. 그리고 괴테가 직접 스케치한 그림들과 수집한 그림들, 도자기, 원고를 쓸 때 사용하던 펜들과 여행 다닐 때 입던 외투 등 그의 유품들과 수많은 수집품들이 잘 정리 정돈되어 있었다.

바이마르에 당대의 예술과 문학의 거장들이 모여들었던 이유가 무엇일까 궁금하였는데, 안나 아말리아 공작부인(Herzogin)이 문화와 예술의 꽃을 피우기 위해 당시 많은 지식인들과 예술가들을 초청하고 후원하였던 주인공이었음을 알게 되었다. 시내 중심지에 있는 안나 아말리아 도서관에는 수만 권의 책이 소장되어 있고, 공작부인이 아들 카알 아우구스투스 대공을 통해 괴테를 이 도서관의 관장으로 초빙하였다고 한다.

괴테는 관장으로서 1797년부터 35년 동안 약 12만 권의 책을 수집하였다. 이 도서관은 셰익스피어 책 약 1만 권과 16세기 루터의 성경, 괴테의 〈파우스트〉 원본 등 희귀본들이 많이 소장되어 있는 독일의 중요한 도서관 중의 하나로 손꼽히고 있다.

괴테의 집에서 나와 걷다가 한 모퉁이를 돌아 얼마 되지 않아 노란색으로 칠해진 고풍미가 물씬 풍기는 실러의 집이 보였다. 괴테의 초청과 권유로 1799년에 예나에서 바이마르로 거주지를 옮긴 실러는 작품 활동에 전념하다가 1805년 5월 9일에 이 집에서 임종을 맞았다. 12월에 다시 개관하기 위해 수리 중이어서 들어가보지 못하고 아쉬운 대로 입구 앞에서 사진만 찍고 돌아왔다.

실러의 집을 지나 좀 더 걸어가니 바이마르 독일 국민극장이 보이고 그 바로 앞 소광장에 바이마르의 자랑인 괴테와 실러의 동상이 우뚝 서 있었다. 드레스덴의 조각가 에른스트 리첼(Ernst Rietschel)이 1857년에 완성한 동상인데 당시 키가 169cm였던 괴테와 190cm였던 실러의 키가 같아 보이도록 동상을 세웠다고 한다.

괴테는 실러의 어깨에 왼손을 올려놓고 오른손으로는 실러와 함께 월계관을 들고 있었다. 실러의 다른 한 손에는 희곡 대본인 듯한 두루마리 종이가 들려 있었다. 동상 아래에 석 줄로 "조국이 / 괴테와 실러/ 두 시인에게"(Dem Dichterpaar/ Goethe und Schiller/ Das Vaterland)라고 새겨져 있었다. 조국인 독일이 두 시인에게 바치는 동상이라는 글귀를 읽는 순간 가슴이 뭉클해졌다. 독일을 대표하는 두 시인에게 조국이 바치는 동상이라니….

우리나라가 조국의 이름으로 세워 준 시인의 동상이 있었던가? 하는 생각이 스쳐 갔다. 시인을 비롯한 작가와 예술가가 존경을 받고 대우를 받는 나라가 한편 부러운 생각도 들었다. 또 한편으로는 그만큼 조국이 자랑할 만한 불후의 작품으로 오늘날까지 세계인들에게 그 작품들이 읽히는 시인이나 작가가 있었던가 하는 생각이 들었다.

동상 앞에는 마침 11월 10일, 실러 탄생 255주년을 기념하여 바이마르 실러 재단을 비롯한 여러 단체에서 증정한 꽃다발이 놓여 있었다. 실러의 ≪빌헬름 텔≫과 괴테의 ≪파우스트≫가 성공적으로 초연되었던 유서 깊은 국민극장 앞에서 두 문호는 바이마르 시민들과 이곳을 찾는 세계인들에게 무언의 교훈을 말하고 있는 듯하였다.

괴테는 "가장 유능한 사람은 가장 배움에 힘쓰는 사람이다."라고 말하였었다. 만 7세부터 시를 쓰기 시작하고 만 25세의 젊은 나이에 쓴 작품 ≪젊은 베르테르의 슬픔≫으로 일약 세계적인 작가로 알려진 시인일 뿐 아니라 인간의 앞니 뼈를 발견한 비교해부학자, 화가이며 생물학자, 법학을 전공한 법률학자인 괴테가 할 수 있는 말이라고 수긍이 된다. 그 자신이 날마다 일찍 일어나 일생 동안 배움에 힘쓴 사람이었다.

한편, 괴테와 일천 통 이상의 편지를 교환하면서 괴테에게 〈파우스트〉를 끝까지 완성하도록 활력을 불어넣어 주며 우정을 나누었던 실러는 "친구는 기쁨을 두 배로 만들고 슬픔은 반으로 줄인다."고 말하였다. 보통 당대에 경쟁적 관계가 되기 쉬웠을 두 문학의 거장들은 서로의 이념이나 사상을 존중하며, 공동으로 414편에 달하는 짧은 시들을 담은 〈크세니엔〉(Xenien)을 ≪연간시집≫(1797)에 게재하기도 하였다. 무덤까지 바이마르에 나란히 묻혀 있는 두 문호의 우정은 수백 년이 지난 지금까지도 전해 내려오는, 눈에 보이지 않는 무형의 정신 유산이다.

안나 아말리아 도서관과 시립 궁전, 괴테의 가든 하우스, 리스트 하우스, 바우하우스 박물관 등 바이마르에 쌓여 있는 역사와 문화와 예술의 보물들을 다 찾아보기에는 해가 너무 짧아서, 다시 바이마르를 찾으리라는 아쉬움을 남긴 채 첫 방문의 마침표를 찍어야 했다. 괴테가 그의 부인 크리스티아네에게 바쳤던 시 〈Gefunden〉(발견)에서처럼 바이마르에서 독일과 세계의 문학의 거장인 괴테와 실러를 새롭게 '발견'한 기쁨을 안고 돌아왔다.

(2014년 11월, 교포신문)

보름스 루터 광장에서 만난
진리의 선구자들

"진리를 사랑하고 진리를 말하며 진리를 행하라."는 말은 체코의 종교 개혁자 얀 후스(Jan Hus 1372~1415)가 남긴 말이다. 그는 면죄부 판매에 대한 반대를 비롯한 종교개혁 운동으로 로마 교황청으로부터 파문을 당하고 마침내 700년 전인 1415년, 화형을 당하였다. 그의 육신이 처참하게 화형을 당하였을 때, 그의 진리를 수호하는 정신과 순수한 복음신앙도 안타깝고 허무하게 사라진 것처럼 보였을 것이다. 그러나 그의 정신과 신앙은 후스주의자들에 의해 계승되었고 그의 처형 500주년인 1915년, 프라하 구시가지 광장에 그의 동상이 우뚝 세워졌다.

얀 후스의 순교의 피는 헛되지 않아서 백 년 후, 독일의 종교개혁자 마틴 루터(Martin Luther 1483~1546)에 이르러 열매를 맺게 되었다. 로마 가톨릭교회가 면죄부를 판매하면서 "면죄부를 통해 죄를 면제받고 구원에 이른다."는 거짓을 퍼트렸을 때, 루터의 신앙 양심은 이를 거부하였다. 1517년 10월 31일, 루터는 거대한 로마 교황청에 대항한 95개조 반박문을 비텐베르크 교회 정문에 붙여서 종교개혁 운동의 불씨를 던졌다. 독일에서는 이날을 루터의 종교개혁 기념일로 정하여 기념하고 있으며, 이로써 1517년에 개신교가 탄생하였다고 할 수 있다.

마침내 루터는 그의 교황청에 대항한 사상과 종교개혁 운동으로 1521년 4월 17일과 18일, 보름스 제국의회에 소환되어 심문을 받았다. 그가 4월 16일 보름스에 입성하였을 때, 아침 일찍이 이 제국의회의 결과를 보기 위하여 이미 수많은 독일 귀족들과 군중들이 몰려왔다고 한다.

보름스는 마인츠에서 자동차로 40분 정도 타고 가면 중세로 돌아간 듯한 느낌을 물씬 풍기는 루터의 성지 도시 중의 하나이다. 당시 인구는 약 7천 명으로 그리 크지 않은 도시였지만, 1156년 이후 600년 이상 신성로마제국의 자유 도시로 제국 의회가 100회 이상 열린 도시였다. 루터는 이 보름스 국회에서 그가 표명하였던 신앙의 입장과 주장을 취소하도록 요구 받았으나 거부하여, 이른바 보름스 칙령에 황제가 서명함으로써 루터 및 그의 지지자들에 대한 법률적 보호를 정지하고, 그의 저서들을 소각하도록 명령하는 등 그의 종교개혁 운동을 탄압하였다.

루터는 이 종교 재판에서 당시 신성로마제국 황제 카를 5세 앞에서 트리어 대주교의 판사 요한 폰 에켄(Johann von Ecken) 의 두 가지 질문에 대한 답변을 하였다. 그가 발송한 책자의 저자로서 인정할 것인가 여부를 묻는 첫 번째 질문에 그는 자신이 쓴 책들임을 시인하였다. 두 번째, 그의 주장을 전체적 또는 부분적으로 철회할 의사가 있는지 여부를 묻는 질문에 그는 하루 동안 생각할 여유를 달라고 말하였다. 다음 날 그는 제국의 황제 앞에서 지금까지 전해지는 유명한 말을 남겼다. "저는 달리 할 수 없습니다. 하나님이여, 저를 도우소서!"(Ich kann nicht anders. Gott helfe mir! Amen!)

진리를 위한 타협 없는 삶과 신앙으로 마침내 루터는 교황의 파문을 받게 되었다. 이때 그를 도운 사람은 선제후 프리드리히 3세였다. 루터의 목숨을 지키기 위해 보름스에서 비텐베르크로 후송되는 그를 중간에 납치극을 벌여서 그의 영지인 바트부르크(Wartburg) 성으로 도피시켰다.

루터는 이곳에 숨어 지내는 10개월 동안 헬라어로 쓰여진 신약 성경을 독일어로 번역하였다. 그 후 구약 성경을 번역하여 1534년 성경 완역본 비텐베르크 성경을 출간, 오늘날 독일인들이 사용하는 루터 성경을 완성시켰다. 돈을 지불하고 면죄부를 삼으로써 구원을 받는 것이 아니라 성경의 가르침대로 '오직 예수 그리스도를 믿음으로 구원에 이른다는 복음 진리를 종교개혁 운동과 성경 번역으로써 독일 국민들에게 신앙 유산으로 남긴 것이다.

웅장하고 고풍스러운 보름스 성당에서 5분 정도 걸어 내려오면 루터 광장이 나온다. 이곳에 '진리를 사랑하고 진리를 말하며 진리를 실천'하기 위해 살고 또 죽었던 종교 개혁자들의 동상이 세워져 있다. 동상들 한 가운데에는 긴 수도복을 입고 두 손으로 성경을 든 채 하늘을 우러러 바라보고 있는 루터의 동상이 우뚝 서 있다. 그의 바로 앞 왼쪽에는 이태리 출생의 도미니칸 수도사로서 천주교 신부들과 종교 지도자들의 회개를 촉구하였던 사보나롤라(Girolamo Savonarola 1452-1498)의 동상이 있다. 그 오른쪽에는 십자가를 손에 들고 생각에 깊이 잠긴 듯 앉아 있는 얀 후스의 동상을 볼 수 있다. 동상 뒤편 오른쪽에는 루터를 도와 종교개혁을 이루었던 루터의 긴밀한 협력자 멜란히톤(Philipp Melanchton 1497~1560)의 동상이 있다. 루터를 바트부르크 성으로 도피시켰던 프리드리히 3세 선제후와 개신교 첫 대학인 마부르크(Marburg) 대학을 세우며 종교개혁을 위해 앞장서서 싸웠던 헤센 주의 필립 영주가 긴 칼을 각각 들고 동상들 제일 앞 양쪽에 서서 오늘날도 여전히 진리의 수호자들을 보호하고 지키고 있다.

보름스 성당 북쪽, 당시 제국의회 자리가 있던 곳은 1689년 프랑스의 공격으로 지금은 건물의 흔적을 찾아볼 수 없지만 루터가 종교 재판을 받던 역사적인 장소를 기념하여 "…이곳에 마틴 루터가 황제와 제국 앞에 서 있었다(… Hier stand vor Kaiser und Reich Martin Luther)"라고 쓰여진 기념 판이 벽에 붙어 있다.

거대한 로마 교황청과 대항하여 복음의 진리를 지키기 위하여 죄와 불의와 타협하지 않았던 마틴 루터. 그는 종교개혁 후 500년 가까이 독일인들의 정신적, 신앙적인 지주로서 독일 국민뿐 아니라 종교개혁의 신앙 유적지를 찾아오는 세계 모든 사람들에게 지금도 우뚝 서서 하늘을 우러러 바라보며 말하고 있다. "저는 여기에 서 있습니다. 저는 달리 할 수 없습니다. 하나님이여 나를 도우소서! 아멘." (동상 아래에 새겨져 있는 글)

2년 후인 2017년은 루터 종교개혁 500주년을 맞는 해이다. 루터가 보름스에서 심문 받던 4월을 기억하며, 혹은 불의의 세력이 곳곳에서 기승을 부리는 세상에 살아가면서 진리에 대한 용기가 필요할 때, 루터가 태어나고 자란 아이슬레벤(Eisleben), 비텐베르크(Wittenberg)와 그가 대학을 다니고 수도사로서 설교를 시작한 에어푸르트(Erfurt), 독일어 성경을 번역한 아이제나흐(Eisenach)의 바트부르크 성, 그리고 루터가 종교 재판을 받고 교황청의 파면, 더 나아가 죽음의 위협 가운데서도 끝까지 진리를 말하였던 보름스(Worms)를 잇는 루터의 길을 한 걸음씩 따라가

보면 어떨까.

'면죄부를 통한 구원'이라는 거짓과 불의와 타협하지 않고 '오직 성경, 오직 믿음, 오직 은혜, 오직 그리스도를 통하여!'(Sola scriptura, Sola fide, Sola gratia, Sola Christus) 구원에 이르는 길을 알리기 위해 달렸을 그의 외로웠던 투쟁의 길, 그러나 500년이 되어도 죽지 않고 여전히 세상 모든 사람들 마음에 살아 말하고 있는 진리의 길, 그리고 교황이나 교황청이 발부한 면죄부를 통하여 구원에 이르는 것이 아닌, 오직 성경과 그리스도를 믿음으로 구원에 이른 생명의 길을….

(2015년 4월, 교포신문)

자유와 희망의 도시
브레멘을 향하여

모처럼 주말을 이용하여 기차 여행을 하였다. 독일에 산 지 거의 30년이 다 되어 가는데 브레멘으로 가는 기차 여행은 처음이라 낯설고 새로운 도시로 향하는 호기심과 기대감을 안고 기차에 올랐다. 브레멘은 독일 연방 16개주 중에서 유일하게 한 도시가 한 주를 형성하고 있으며 약 68만 명이 거주하는 대도시이다. 북쪽으로 약 60km 떨어진 곳에 위치한 유럽 최대의 어항이며 중요한 상업 항구 브레머하펜(Bremerhafen)이 있어서 옛날부터 무역업이 발달한 도시이기도 하다.

브레멘 근교에 사는 친구가 브레멘 역까지 마중 나와 시내로 안내를 해 주었다. 시내 중심가에 자동차를 주차한 후 시청이 있는 광장으로 걸어갔다. 눈앞에 탁 트여진 광장에 들어서니 시청 건물이 웅장하고 화려한 모습으로 눈앞에 다가왔다. 독일에 이런 아름다운 건축 양식의 시청 건물이 있었다니… 하는 생각과 함께, 순간 내가 혹시 프라하 시내에 서 있는 것이 아닐까 하는 생각이 들었다. 건물 벽이 밤색이었는데도 연두색 지붕 색 때문인지 전체적으로 은은한 연초록색의 신비스러운 느낌을 주었고, 화려하면서도 우아한 분위기를 뿜어내고 있었다.

크기나 건축 양식이 독일의 여느 건물 양식과는 확연히 달라 보였고 유럽의 체코나 벨기에, 이태리 등에서 볼 수 있는 건축 양식으로 느껴졌다. 친구는 그 시청 건물이 유네스코 세계문화유산에 들어 있다고 설명해 주었다. 1405년부터 1408년 사이에 고딕 양식으로 세워졌다가 후에 르네상스 양식으로 증축되어 독일 르네상스의 대표적인 건축물로 알려졌다고 한다.

시청 앞 광장에는 브레멘의 상징인 높이 약 5.5m의 거대한 롤란트(Roland) 수호 신상이 세워져 있었다. 가슴에는 방패를 달고 왼손으로 법과 통치를 상징하는 긴 칼을 들고 있는데 처음에는 나무로 만들어졌으나 후에 석재로 만들어졌고 1404년에 완공되었다고 한다. 브레멘의 자유 제국 도시로서의 권리와 특전을 상징하고 널리 알릴 목적으로 제작되었는데 사를마뉴 대제의 용사 12인 중 한 명이었던 롤란트를 모티브로 만들어졌으며, 독일의 유명한 중세 문학 〈롤란트의 노래〉에 등장하는 영웅 롤란트라고 한다.

브레멘은 야콥, 빌헬름 그림(Jakob, Wilhelm Grimm) 형제의 동화에 나오는 도시들을 잇는 독일 메르헨 (동화) 가도의 제일 북쪽에 위치한 도시이다. 그림 형제가 태어난 프랑크푸르트 근교의 하나우(Hanau)에서부터 그들이 각각 독어학과 언어학을 대학에서 공부한 것을 기념하여 세워진 그림 형제 박물관이 있는 카셀(Kassel), 그리고 브레멘 음악대의 무대가 된 브레멘까지 약 30개의 도시를 잇는 거리를 '메르헨 가도'라고 칭하고 있다.

〈브레멘 음악대〉는 우리나라에서도 뮤지컬로 공연되면서 어린이들과 부모님 관객들에게 널리 알려져 있는데 네 동물이 주인공으로 등장한다. 농장에서 죽도록 일을 하였으나 이제 나이가 들어 쓸모 없어져 주인에게 냉대받는 당나귀가 농장을 빠져나와서 브레멘에서 음악대를 모집한다는 소식을 듣고 길을 나서다가 비슷한 처지에 놓인 개와 고양이, 수탉을 만나 함께 자유와 희망의 도시 브레멘으로 떠난다는 줄거리이다. 이들을 기념하여 만든 동상들이 시내 곳곳에 다양한 모습과 색상으로 만들어져 있어서 동화 같은 분위기를 보여 주고 있었다.

시청 왼쪽에 브레멘 음악대에 나오는 네 동물의 동상이 세워져 있었다. 주말인 토요일이라 그런지 관광객들이 쉴 새 없이 동상 앞에서 기념 사진을 찍고 있어서 좀처럼 우리에게 차례가 돌아오지 않을 것처럼 보였다. 잠시 시내 주위를 돌아보고 다시 돌아왔는데도 여전히 사진 찍는 사람들로 분주하였다. 세계적인 독일 동화 작가인 그림 형제의 동화 〈브레멘 음악대〉에 나오는 당나귀와 개, 고양이, 수탉 동상이었다. 당나귀 등 위에 개와 그 등 위에 고양이, 그 위에 수탉이 차례로 올려져 있는데 제일 아래 당당히 서 있는 당나귀 코와 다리를 만지면 행운이 돌아온다고 하는 말이 널리 퍼져 있다고 하였다.

그 말을 증명이라도 하듯이 많은 관광객들이 당나귀의 코를 쓰다듬거나 다리를 만지는 포즈로 사진을 찍고 있었다. 1953년에 조각가 게하르트 막스(Gehard Marcks 1889~1981)가 만든 동상인데 60년이 넘도록 얼마나 많은 사람들이 당나귀 코와 다리를 만지면서 크고 작은 행운을 빌었던지 코와 다리 부분이 닳아서 유난히 반짝거렸고, 색은 거의 벗겨져 있었다.

인내심을 가지고 기다리다가 어렵게 차례가 돌아와 사진을 찍었다. 그리고 발길을 돌려 광장에서 베저 강까지 이어지는 약 100m에 이르는 거리인 뵈트허 거리(Boettcherstrasse)로 들어섰다.

그 골목 중간에 한 시계 판이 붙어 있는 건물과 그 옆에 똑같은 모양의 건물이 붙어 있는 쌍둥이 건물이 보였다. 세모 모양의 지붕 꼭대기와 꼭대기를 잇는 사이 공간에 도기로 만들어진 종들이 달려서 낮 12시와 15시, 18시에 종소리가 울릴 때마다 건물 모서리에 붙은 둥그런 건물 벽의 부조가 움직이면서 그림이 돌아간다고 했다.

그곳에 가 보니, 종소리(Glockenspiel)를 들으며 그림이 돌아가는 모습을 보기 위해 벌써 수십 명의 관광객들이 모여 있었다. 낮 12시 종소리가 울리니 과연 종소리를 배경 음악으로 하여 벽의 부조가 돌아가며 여러 그림을 보여 주었다.

그곳에서 작은 길을 빠져 나와서 슈노어 지구(Schnoor Era)에 들어섰다. 이곳은 전쟁에 훼손되지 않고 옛 건물 모습이 보존되어 있는 곳으로 주정부의 문화유산 보호 지역이라고 하였다. 베저 강과 발게 강 사이에 위치한 곳인데 10세기 무렵에 어부와 장인 등의 무역업자들이 집을 짓고 이곳에 정착하면서 생긴 경제 중심 지였다고 한다.

크고 작은 기념품과 찻잔, 인형, 액세서리, 머플러나 옷 등 아기자기한 물건들을 파는 작은 상점들이 즐비한 골목길에 들어서니 정감이 풍부한 동심으로 돌아가는 듯하였다. 한 아담한 레스토랑 입구에 세워져 있는 색상을 입힌 브레멘 음악대 동물 동상은 진달래 색 털모자를 쓴 고양이와 점박이 개가 당나귀 등 위에서 책을 펴 들고 읽고 있는 동화 분위기를 연출하고 있었다. 그냥 지나치기 아까워서 그들과 함께 기념 사진을 찰칵 찍은 후 다람쥐처럼 골목길을 빠져나왔다.

어린 아이와 같은 설렘과 놀라움으로 시내를 돌아본 후 주차한 곳으로 가기 위해 다시 시청 앞 광장으로 걸어 나오는데, 또 다른 작은 브레멘 음악대가 우리를 기다리고 있었다. 앞발로 책을 들어 읽고 있는 당나귀 등 위에 개와 고양이가 마주 앉아 책을 펴 들고 읽고 있었다. 당나귀 귀에 올라 앉은 수탉도 고개를 숙인 채 개와 고양이가 읽고 있는 책을 같이 읽고 있는 동상은 바로 시청 광장이 훤하게 바라다보이는 한 귀퉁이에 오뚝 세워져 있었다. 점박이 개가 읽고 있는 책 표지에는 〈Goethe〉라고 써 있었다. 아마 어린이들을 위한 괴테의 동화책이었으리라.

짧은 하루의 기차 여행이었으나 먼 중세로 돌아갔다가 다시 현재로 돌아오는 시간 여행을 한 느낌이 들었던 것은 브레멘이 동화 같은 도시여서 그랬을까. 주인에게 냉대받는 늙은 당나귀가 자신이 처한 상황에 좌절하지 않고 새로운 삶을 찾아 용기를 내어 〈브레멘 음악대〉의 한 단원이 되어 브레멘을 향하여 떠났듯, 나도 잠시 브레멘 음악대의 한 단원이 되기 위해 자유와 희망의 도시로 떠나는 기쁨을 맛보았던 동화 속의 주인공이 되어 본 하루였다.

최초의 여의사, 작곡가, 약초학자 힐데가르드 폰 빙엔

2009년, ≪Vision≫(위대한 계시)라는 영화가 독일 바이에른 필름상을 수상하였다. 이 영화는 독일의 힐데가르드(Hildegard 1098~1179) 수녀의 생애를 그린 영화이다. 그녀의 아버지는 열 번째로 태어난 그녀를 하나님께 바치는 당시 가톨릭 전통에 따라 그녀를 여덟 살 때 베네딕트 수녀원에 보냈다. 그녀가 자주 아팠기 때문에 수녀원에 보냈다는 말도 있다.

영화에는 수녀원에 들어온 여덟 살 힐데가르드가 어떤 때는 일 년 내내 아파서 침대에 누워 있었다고 말하는 대사가 나오기도 한다. 그곳에서 멘토인 유타(Jutta von Sponheim)를 만나게 되고 그녀는 힐데가르드의 음악적인 재능을 개발시켜 주었을 뿐 아니라 그녀에게 기독교 가치관과 함께 읽기, 쓰기 그리고 무엇보다 약초의 치료력에 대한 깊은 지식 등을 가르쳐 주었다.

열여섯 살 때 종신 수녀로 서원을 한 힐데가르드는 어릴 때부터 하늘의 계시를 받는 체험을 하였다. Volmar 수도사는 그녀가 본 계시를 글로 써 보도록 권유하였고, 그 글은 교황에게 보내어져서 거짓이 아니라는 정당한 평가를 받게 되고 오히려 그 계시를 알리도록 독려를 받게 된다.

힐데가르드는 38세에 교회 사상 처음으로 여성으로서 수도원의 원장이 되었고 수녀들만 모이는 수녀원을 세웠다. 1150년에 최초의 수녀원인 루페르츠(Ruperts) 수녀원을 빙엔에 세우고 그후에 다시 1165년 아이빙엔(Eibingen) 수녀원을 세웠다. 그녀의 이름은 '빙엔의 힐데가르드'를 독일식으로 표현한 '힐데가르드 폰 빙엔'(Hildegard von Bingen)으로 불리어졌다.

42세가 되었을 때 힐데가르드는 다시 신의 계시를 받았다. 그 것은 그녀가 어렸을 때부터 보아온 비전(vision), 즉 하늘에서 내려준 계시를 세상에 알리라는 것이었다. 그녀는 이날 이후 평범한 수녀에서 작가, 작곡가, 의사, 약초학자, 예언자라는 역사와 시대를 뛰어넘는 여성의 삶을 살게 되었다. 그녀는 약초와 광물을 이용하여 환자를 치료하는 약초학과 보석 치료를 연구 개발하여 병을 치료한 최초의 여의사이며 약초학자였다.

또한 깊은 신앙심에서 나오는 찬송가를 77곡이나 직접 작사, 작곡하여 수녀원에서는 그녀가 작곡한 찬송가가 불리어졌다. 그녀는 음악의 중요성을 강조하였고, 그녀의 작품 〈오르도 비르투툼(Ordo Virtutum)〉은 '첫 번째 형식(the first form)'이라고 불리며 오페라의 기원이라고도 한다.

빙엔은 세계문화유산인 라인 협곡의 남쪽 경계 지역에 위치한 독일 라인란드 팔츠(Rheinland-Pfalz) 주에 있는 조용하고 아름다운 소도시이다. 힐데가르드가 세웠던 수녀원은 사라졌지만 그녀를 기념하는 아이빙엔 수도원은 오늘도 조용히 라인강이 흐르는 계곡을 바라보고 있다. 1998년에는 힐데가르드를 기념하는 박물관과 힐데가르드 성녀의 동상이 세워졌다.

그녀는 ≪길의 조명≫이라는 책을 포함한 세 권의 신학 서적을 썼으며 약초학, 의학 서적 등을 남겼다. 또한 당시 여성이 억압받던 중세 시대에 수녀의 몸으로 독일 전국을 네 번이나 돌아다니며 복음을 전하는 파격적인 설교 여행을 하였다. 17세기경부터 이미 마인츠 교구로부터 성녀로 추앙되고 있었으나 2012년 교황청으로부터 공식적으로 성인으로 시성되었다. 지금도 빙엔을 찾아가면 수도원, 힐데가르드 박물관, 성당 등 곳곳에 12세기에 살았던 힐데가르드와 그 시대의 숨결을 느껴 볼 수 있다.

그녀는 자신이 받은 계시와 예언자의 삶으로 많은 오해와 멸시, 핍박을 받았다. 더욱이 여성이 억압받았던 중세 시대라는 시대의 장벽과 가톨릭 전통의 높은 장벽을 뛰어넘어 자신에게 임한 하늘이 보여 준 계시와 그녀에게 주어진 사명을 붙들고 의연하게 자신의 길을 걸어갔던 힐데가르드의 삶은 오늘날 많은 여성들에게 영감과 비전을 불어넣어 주는 독일이 낳은 큰 인물임에 틀림없다.

오래전, 힐데가르드가 세운 수녀원에서 만들어 전해져 내려오는 약을 한 친구로부터 선물받고 그녀가 약초 재배를 통해 자연 치료약을 만들었다는 것을 알게 되었다. 지금도 '수녀원 멜리사 정(精)'이라는 이 약은 DM 같은 독일 Drogery나 약국에서 쉽게 구할 수 있다.

두통, 심장, 위, 신경 등 여러 가지 병에 좋다고 하는 비타민이나 영양제 등을 선물받아도 잘 복용하지 않는다. 그런데 이 자연 치료약을 한번 복용해 보고자 얼마 전에 한 통을 사 두었다. 먼저 시약을 해 본 남편이 식초처럼 상큼하고 맛이 좋다고 하며 내게도 적극 권하였다.

그녀의 이름을 딴 독일식 표기 이름의 힐데가르데스(Hildegardes) 병원이 마인츠 대학교 근처에 있는데 마침 그 병원에서 둘째 아들과 외동딸을 해산하였다. 26년 전인 1989년, 둘째 아들을 낳을 때였다. 힘든 진통을 견디며 오전 10시경 병원에 도착하였는데 아직 출산 시간을 기다려야 하는지 따뜻한 목욕탕에 들어가 몸을 담그고 있도록 친절하게 안내해 주었다. 낮 12시경에 건강한 아들을 순산하였다.

그 후 6년 후인 1995년 새벽 4시경 양수가 터진 후에 남편이 부랴부랴 나를 데리고 힐데가르데스 병원으로 가 새벽 5시에 도착했다. 자동차에서 내리자마자 바로 해산실로 향하였고, 딸은 5시 3분에 태어났다. 병원에 도착한 지 3분 만에 딸을 무사히 출산하게 된 고마움을 잊을 수 없다.

30년 가까이 살고 있는 마인츠에서 자동차로 30분 정도밖에 걸리지 않는 빙엔에 살았던 힐데가르드 수녀의 기도와 은총의 향기를 덧입고 우리 아이들이 태어난 것일까. 힐데가르드가 여성이 앞에 나설 수 없었던 중세의 전통을 깨고 자신에게 주어진 길을 용기 있게 비전 가운데 걸어갔던 예수님의 십자가의 길, 부활과 영생에 이르는 믿음의 길을 힐데가르데스 병원에서 태어난 둘째 아들과 딸이 함께 걸어가고 있으니 고마운 일이다.

다름슈타트(Darmstadt)의
작은 가나안 땅, 마리아 자매회

다름슈타트는 내가 살고 있는 마인츠에서 기차로 30분 정도 타고 가는 이웃 도시이다. 공업 도시인 이곳에 소재한 다름슈타트 공과대학은 Aachen 공과대학과 더불어 독일에서도 잘 알려진 대학이다.

1944년 12월, 2차 세계대전 당시 영국 공군의 폭격으로 거의 80%에 해당하는 도시가 폐허가 되었을 때, 많은 젊은이들은 방황과 고통 가운데 그들의 밝은 미래를 찾기 힘들었다. 이때 몇 명의 젊은 여성들이 모여서 이룬 작은 성경 공부 모임은 절망스럽고 고통스러웠던 도시 안에 오늘날 3만 평에 이르는 푸르고 아름다운 가나안 복지를 만드는 씨앗이 되었다.

독일은 2차 세계대전 때 6백만 명에 이르는 유대인 학살로 큰 민족적인 죄를 지었다. 마리아 자매회는 독일 민족에 대한 철저한 회개를 통한 성령의 부흥으로 생겨난 초교파적인 개신교 독신 공동체로서 그들은 지금도 이스라엘을 위하여 중보 기도를 하고 있다.

회개만이 진정한 축복에 이르는 길임을 강조한 바실레아는 개인의 죄뿐만 아니라 독일 민족의 죄를 회개하는 깊은 영성으로 시작된 초교파적인 아름다운 공동체의 거름이 되었다. 그녀는 평생에 걸쳐 약 100권이 넘는 책을 저술하였으며, 현재 약 60개의 언어로 번역이 되어 지금도 여전히 세계 곳곳의 사람들에게 그리스도의 생명과 사랑을 전하고 있다.

6월의 화창한 날, 다름슈타트에 사시는 선배님과 함께 평소에 한 번 가보고 싶었던 마리아 자매회(Evangelische Marienschw-esternschaft)를 같이 방문하기로 하였다. 마침 이 자매회의 주일예배에 참석하시는 강 집사님의 친절한 안내로 오후 2시경 우리 세 사람은 마리아 자매회를 방문하였다. 입구의 기다란 벽에 독일어로 크게 'KANAAN'이라는 글자와 함께 젖과 꿀이 흐르는 땅을 상징하는 큰 포도 열매가 새겨져 있었다. 가나안은 400여 년간 애굽의 노예로 살던 이스라엘 백성들에게 하나님이 약속하셨던 젖과 꿀이 흐르는 아름답고 광대한 땅, 약속의 땅으로서 영적으로는 하나님 나라를 의미한다.

1984년부터 이곳에 계신 암브로시아 자매님이 우리를 따뜻하게 맞이해 주셨다. 30여 년 전, 한국에서 사역하셨던 독일 마리아 자매회 선교사님들을 통해 독일에 오게 되었다고 소개해 주신 암브로시아 자매님은 아직도 이십 대와 같은 청순한 그리스도 신부의 모습을 띠고 계셨다.

커피 타임을 가진 후, 암브로시아 자매님은 우리에게 마리아 자매회를 한국어로 소개하는 동영상을 약 15~20분간 보여 주셨다. 3만 평에 이르는 땅에 직접 자매님들이 벽돌을 실어 나르고 벽을 쌓아서 예배를 드릴 수 있는 고난 예배당을 세웠다. 지금은 대예배당과 손님들이 묵을 수 있는 숙소, 예수님의 고난에서 부활까지의 과정을 벽에 부조한 고난 정원과 야곱의 샘물, 요단강, 갈릴리 호수, 변화산 등의 이름을 붙인 샘물과 냇물, 작은 언덕의 산들을 산책하며 볼 수 있는 푸른 하늘과 잔디, 자연 속에서 묵상하는 시간을 가질 수 있는 크고 작은 건물들, 정원으로 이루어진 작은 낙원을 이루고 있다.

그들의 믿음의 열정만큼이나 붉은 6월의 장미가 곳곳에 흐드러지게 피어 있고, 가지각색의 꽃들이 피어 있는 꽃밭, 연꽃이 떠 있는 잔잔한 연못, 콸콸거리며 솟아나는 분수의 샘물, 자갈 사이를 졸졸 흐르고 있는 냇물 등은 자연과 더불어 사색과 명상의 시간을 갖기에 최상의 낙원처럼 보였다. 하루 정도라도 시간을 내어 이 행복한 작은 가나안 땅을 둘러보며 사색의 시간을 가진다면 메마른 마음과 영혼을 살찌우게 하는 값지고 행복한 시간이 되리라.

기독교 마리아 자매회는 현재 전 세계에 약 16개 지부가 있고, 20개국에서 온 약 200명의 자매로 이루어져 있다. 날마다 오전에는 삶을 간증하는 문서 사역을 비롯한 각자 맡은 일과 사역에 충실하며, 오후 3시에는 그리스도의 고난에서 십자가의 죽으심과 부활을 기억하며 드리는 고난 기도 예배를 드리고 있다.

이곳에 마리아 자매회를 창설하였던 바실레아 슐링크와 에리카 두 사람이 나란히 묻혀 있다. 그들의 믿음과 헌신의 향기는 그들이 남긴 아름다운 글과 책자를 통해 오늘날까지 가슴가슴마다 그들의 살아 있는 믿음과 순수하면서도 절대적인 가치를 지닌 신앙의 힘을 심어 주고 있다.

일반인에게도 날마다 오후 3시에 고난 기도 예배의 문이 열려 있다. 그리고 8월 휴가나 방학 기간을 이용하여 4주 동안 세계 곳곳의 여성들이 이곳에서 그들의 삶과 신앙을 새롭게 돌아보고 결단하는 유익한 프로그램도 있다.

아름다운 대예배실에 들어서니 강단에 우리의 죄를 대신하여 십자가에 희생하신 예수님을 상징하는 어린 양이 그려져 있고 인애와 자비, 사랑 등 하나님의 일곱 가지 성품을 상징하는 일곱 촛대가 어두움을 밝히고 있었다. 첫 출발 때부터 문서 사역을 한 마리아 자매회는 각 소예배실, 대예배실, 기도실 등 건물마다 소책자나 신앙 서적 등이 비치되어 있었고, 자율적으로 책값을 넣을 수 있는 통이 벽에 붙어 있었다.

나는 바실레아 슐링크의 책 ≪천국의 향취≫와 그녀의 아침 묵상의 글을 모아서 펴낸 ≪위로하시는 하나님≫, 기도에 대하여 명료하게 써 놓은 ≪기도 생활≫ 등 나를 위한 책과 친구나 가족들에게 선물할 책 등 여러 권을 사서 정신적, 영적으로 부자가 된 기분으로 그 작은 가나안 땅을 떠나왔다.

4부

만남의 위로

피아니스트 Christopher Park

지난 1월 22일, 프랑크푸르트 Alte Oper의 Grosser Saal에서 열렸던 신년 음악회(Neujahrskonzert)에 예년에 없는 이변이 일어났다. Abendkarte를 사려고 입구에 몰려든 100여 명의 사람들 때문에 보통 음악회 시간에 정확하게 맞추어 시작되는 독일의 음악회가 30분 늦게 시작되었다.

Philharmonie der Nationen 오케스트라단의 Justus Frantz 지휘자는 이미 좌석에 앉아 연주회를 기다리고 있던 음악 애호가들을 위해 이례적으로 롯시니의 〈La gazza ladra 서곡〉을 보너스로 연주하였다. 약 2천여 명의 청중이 모였던 이 신년음악회에서 솔리스트로서 차이코프스키의 〈피아노협주곡 1번〉을 연주한 피아니스트, 그는 독일 밤베르크에서 태어난 한독 가정 2세인 Christopher Park이었다.

안녕하세요? 피아노는 언제부터 배우기 시작하셨는지요?

제가 일곱 살 때 피아노를 치기 시작하였어요. 어머니가 제게 악기를 배우지 않겠느냐고 물어보셨을 때 피아노를 치겠다고 말씀드렸지요. 바이올린을 석 달 동안 연습해 보았는데 제게 맞지 않아서 피아노를 계속 치게 되었지요.

부모님이나 집안 가족들 중에서 피아나 음악을 하시는 분이 계셨는지요?

다행히도 가족 중에 음악하는 사람이 없었어요. 그래서 연습을 많이 해야 한다거나 틀리지 않도록 잘 쳐야 한다는 강압감 없이 자유롭게 피아노를 칠 수 있었어요.

좋아하는 작곡가가 누구입니까? 즐겨 치는 곡이 있다면 어떤 곡입니까?

꼭 어떤 작곡가라고 말하기는 어렵고, 3B라고 하는 바하, 베토벤, 브람스의 곡들과 차이코프스키 등의 곡을 즐겨 치지요.

피아노를 어떤 분에게서 배우셨는지요?

제가 12살 때 토마스 두이스(Prof. Thomas Duis) 교수의 연주회에 갔었어요. 그분의 사인을 받으려고 하였지요. 그분이 제가 피아노 치는 것을 들으시고 자브뤼켄 음악대학에 들어오라고 하셔서 만 12살 때 대학에 입학하게 되었어요. 처음에 그분에게 배운 후, 2004년부터 2011년까지 프랑크푸르트 국립음악대학에서 러시아 분이신 Lev Natochenny 교수님에게서 배우고 졸업하였습니다.

피아노를 치는 시간 이외에 하시는 취미는 무엇인지요?

하루 종일 피아노만 칠 수 없기 때문에 균형을 맞추기 위해 운동을 하지요. 조깅, 스쿼시, 테니스 등 운동을 합니다. 그리고 저는 책도 즐겨 읽는데 특히 헤르만 헤세나 파트릭 쥐스킨의 작품을 잘 읽어요. 인생 경험이 풍부해야 피아노도 잘 연주할 수 있다고 생각합니다. 예술은 인생에 대하여 설명해 주는 것이니까요. 요즘의 많은 피아노 콩쿨이 잘못된 방향으로 가고 있다고 봅니다. 그 곡을 기술적으로 그대로 연주하는 것이 아니라 작곡가의 감정을 잘 이해하고 해석하여 연주하여야 합니다.

피아노 연주자 중에서 좋아하는 연주자는 누구입니까?

러시아인 연주자 Sviatoslav Richter입니다. 그는 베를린 필하모니의 카라얀과 함께 연주하기도 하였는데 그는 같은 곡이라도 칠 때마다 혹은 치는 장소에 따라 항상 다르게 칩니다. 그때마다 곡을 다르게 해석하여 치는 것이지요.

한국에 연주 여행을 다녀온 적이 있는지요?

네. 서너 번 정도 한국에서 연주 여행을 다녔고 한 번 리사이틀을 가졌습니다. 제가 열아홉 살인가 스무 살 때 한국을 처음 방문하였는데 아주 좋았어요. 독일에서는 제 머리가 검은 색이어서 눈에 띄는 이방인 느낌을 가지고 살았는데 처음 인천공항에 내렸을 때 모두 저와 같이 머리가 검은 색인 것을 보니 고향과 같은 느낌이 들었지요.

한국에서 음악회를 가지면서 60년, 70년대 독일이나 유럽에서의 황금 시대와 같은 인상을 받았어요. 독일이나 유럽에서는 나이 드신 분들이 음악회에 많이 오는데 한국에서는 젊은 사람들이 음악회에 많이 왔어요.

독일과 유럽에 유학하는 음대생들이 많이 있는데 이들에게 해주고 싶은 조언이 있다면 무엇입니까?

하루 종일 연습하는 데에만 시간을 쓰지 말고 산책을 하거나 자연을 느끼고 책을 읽는 등 인생을 많이 체험하라고 말하고 싶습니다. 음악만을 하지 말고 다양한 방향으로 많이 인생을 체험하고 느껴야 좋은 음악을 할 수 있다고 생각합니다. 차이코프스키도 음악만을 한 것이 아니라 법학을 공부하였던 작곡가였지요.

어린이들이나 환자들을 찾아가서 음악으로 봉사 활동을 하신다고 들었는데 소개해 주시기 바랍니다.

Yehudi Menuhin이 만든 'live music now'라는 모임에서 4~5년 전부터 함께 일하고 있습니다. 유치원이나 장애인 학교, 양로원 등을 찾아가서 연주회를 갖는 모임이지요. 알츠하이머 환자들 앞에서 음악을 연주하면 그들도 흥얼거리며 노래를 하거나 뇌성마비 어린이들이 저의 연주를 들은 후 제게 와서 감사의 표시로 자신이 가지고 있던 사탕 몇 개를 건네줄 때, 2천 명의 청중들 앞에서 연주하였을 때보다 천 배나 더 기쁘지요. 그들을 찾아가서 여는 이 'live music now'는 평소에 음악회를 찾을 수 없는 그들에게 아주 특별한 것이지요.

단순히 악보를 익혀 기술적으로 잘 치는 피아니스트가 아니라, 작곡가의 감정과 마음을 이해하고 읽어 내며 해석하여 전달하는 예술가(Künstler)가 되기 위해 인생을 깊이 있게 다양하게 배우고 체험해 나가는 Christopher Park. 24세의 젊은 피아니스트인 그가 앞으로 독일의 창공을 뛰어넘어 유럽과 세계 무대를 향해 독수리와 같이 힘차게 비상하는 모습을 그려 볼 수 있었다.

(2011년 7월, 프랑크푸르트지역한인회 「한인 F-Hanin」)

소프라노 Elisa Cho

오는 6월 15일, 프랑크푸르트 Alte Oper 모차르트홀에서 음악 애호가들을 만나게 될 소프라노 조선형. 성악계에서 Elisa Cho 로 알려진 그녀는 2008년부터 이태리 등 유럽에서 열린 국제 성악 콩쿠르 1등의 영예를 거듭 차지했다. 2010년에는 한국음악협회가 국내외 콩쿠르에서 입상하거나 연주 활동이 뛰어난 젊은 음악가에게 수여하는 신인상을 받기도 하였다. 4월 17일 Bad Homburg에서 열렸던 베르디의 레퀴엠 공연을 마친 그녀를 프랑크푸르트에서 만나 꿈과 노래에 대한 그녀의 열정을 들어 보았다.

안녕하세요? 성악 공부는 언제부터 하셨는지요?

늦게 시작하였어요. 본래 신문 기자가 되고 싶어서 신문방송학을 공부하려고 하였는데 고등학교 다닐 때 음악 선생님이 제게 성악을 공부하면 좋겠다고 권하셔서 성악을 공부하게 되었지요.

이태리에서 공부하고 오셨다고 하는데 언제 이태리에 가셨나요?

성악을 공부하려면 이태리 Belcanto 창법을 공부하여야 한다고 생각했기 때문에 경희대 음대를 졸업한 다음 날, 바로 이태리로 떠났어요. 2003년부터 2009년까지 이태리 밀라노 베르디 국립음악원에서 공부하였어요.

부모님이나 가족 중에 음악하시는 분이 계셨습니까?

없어요. 처음에는 어머니가 반대하셨는데 이태리나 독일에서 제가 공연할 때 와 보신 후에 저에게 맞는 것 같다고 인정을 해 주시고 지금은 좋은 후원자가 되셨습니다.

보통 이태리에서 공부가 끝나면 유럽 무대에서 계속 활동하거나 한국으로 돌아가서 활동하는 경우가 많은데 어떻게 독일에 오시게 되었습니까?

2007년에 이태리에서 열렸던 콩쿠르에 나가 일등을 하게 되었는데 그때 심사위원이셨던 독일의 Bernd Loebe 프랑크푸르트 오페라하우스 극장장님이 저를 독일 프랑크푸르트 오페라하우스에 초청해 주셨어요. 지금 독일에 온 지 2년 반이 되었습니다.

어떤 작곡가의 곡을 특히 좋아하시는지요?

푸치니의 곡을 좋아해요. 그의 곡은 풍성하고 따뜻하지요. 제가 더 성장하고 성숙하게 되면 그의 작품 ≪토스카≫에 나오는 토스카 역을 맡아 공연해 보고 싶어요.

하루에 몇 시간 정도 연습하십니까? 오페라에서는 노래뿐만 아니라 연기까지 해야 하는 어려움이 있을 텐데요.

하루에 개인적으로 연습하는 시간은 한 시간 반 정도입니다. 그외 시간에는 계속 대가들의 DVD나 CD로 음악을 보고 들으며 발성법이라든지 테크닉을 공부해요. 그리고 오페라에 대한 음악적 배경이나 인물들에 대한 자료를 찾고 공부합니다.

오페라에 나오는 인물들은 배신을 당했거나 죽게 되는 비련의 여주인공들이 많기 때문에 완전히 그 역에 빠져야만 연기를 할 수 있고, 또 가사의 의미를 잘 알아야 눈빛이나 표정 등 세미한 부분을 잘 표현할 수 있기 때문에 이태리어를 잘 아는 것이 또한 중요합니다. 그리고 다 외운 상태로 제 것이 되어 있어야 무대에 올라갈 수 있지요.

성악을 늦게 시작하셨는데 지금 생각해 볼 때 자신의 적성에 잘 맞다고 생각하십니까?

네. 오페라가 제게 잘 맞는다는 생각이 들고 만일 제가 오페라를 하지 않았더라면 제 속에 있는 에너지를 어디에 어떻게 발산했을까 하는 생각이 들 때가 있어요.

지난 4월 15일부터 21일까지 베르디의 〈레퀴엠〉에서 소프라노 역을 맡아 공연하셨다고 들었습니다. 그 공연에 대해 잠깐 소개해 주세요.
80~90명의 노르드라인-베스트팔렌 주립청소년오케스트라(Landesjugendorchester NRW)와 120~140명의 합창단이 함께하는 공연이었어요.
4월 15일에는 Paderborn, 16일에는 Altenberg, 17일에는 Bad Homburg, 21일에 뒤셀도르프에서 공연이 있었지요. 기독교의 장송곡이라 기도하는 마음으로 준비하였지요. 그리고 처음부터 끝까지 부드러움과 함께 강함과 힘이 들어가는 곡들이라 체력이 매우 필요하다는 것을 느꼈어요.

처음 작품을 받게 되면 무대에 서기까지 연습 시간이 보통 얼마나 걸리는지요?
처음 작품을 받으면 이태리에 가서 교수님들께 렛슨을 받고 돌아옵니다. 이번 베르디의 〈레퀴엠〉 곡은 제 것으로 소화하는 데까지 두 달 정도 걸렸습니다.

현재 독일에서 하시고 있는 일은 무엇입니까?

현재 독일 프랑크푸르트 국립음악대학 Konzertexamen 코스를 다니고 있는데 일 년 남았습니다. 그리고 프랑크푸르트 오페라하우스에서 공연에 참가하고 있습니다. 요즘 모차르트의 오페라 ≪마술피리 Die Zauberflöte≫를 공연하고 있는데 5월 13일과 16일에 공연이 계속됩니다.

지금까지 공연한 작품 중 가장 인상에 남는 작품이 있다면 어떤 작품입니까?

작년 2월에 프랑크푸르트 오페라하우스 데뷔 무대에서 푸치니의 오페라 ≪레빌리≫(Le Villi)에서 주역을 맡아 공연하였어요. 극중에 제가 남편이 죽은 것을 알고 노래하는 대목이 나오는데, 너무 극중 역할에 빠져서 공연을 하다 보니 마치 실제로 제 남편이 죽은 것같이 목이 메어 노래를 하였지요. 그 작품이 제일 기억에 남더군요.

독일이나 유럽에서 음악을 공부하는 많은 유학생들이나 후배들에게 선배로서 해 주고 싶은 말씀이 있다면 해 주세요

그 나라의 문화를 알고 그 문화에 적응하며 사랑하는 것이 중요하다는 생각이 들어요. 예를 들어 독일에는 아름다운 가곡(Lied)

이 많이 있는데 독일의 날씨나 독일의 자연 환경 등을 볼 때 그러한 음악들이 나오게 된 배경이나 이유를 이해할 수 있고 자신의 음악으로 더 잘 표현할 수가 있다고 봅니다.

앞으로 해 보고 싶은 역이나 작품이 있다면 무엇입니까?

지난 4월에 공연한 베르디의 작품들을 더 공부해 보고 싶은 생각입니다. 그리고 제가 좀 더 연륜이 쌓이고 성장하면 꼭 바그너의 작품을 해 보고 싶습니다.

올해 공연 일정에 대해 말씀해 주세요.

오는 6월 말에 러시아의 초청을 받아 그곳에서 공연할 예정입니다. 6월 15일에는 프랑크푸르트 Alte Oper 모차르트 홀에서 1부 Christopher Park 피아니스트 연주 후에 2부에서 제가 공연하게 됩니다. 그리고 7월에는 스페인의 초청 연주가 있습니다.

오는 6월 15일 Alte Oper 모차르트홀 공연에서 무슨 곡들을 부를 예정인지요?

브람스와 스트라우스, Hugo Wolf의 독일 가곡들과 푸치니의 작품 중에서 「라보엠」에 나오는 '미미' 아리아와 〈투란도트〉(Turandot)의 '리우' 등 약 40분 프로그램으로 독일 가곡들과 이태리 오페라 아리아를 준비하고 있습니다.

조선형 소프라노는 내년 1월 28일 프랑크푸르트 Alte Oper의 Gross Saal에서 Justus Frantz 지휘자의 Philharmonie der Nationen 오케스트라와 함께 신년 음악회에 데뷔할 예정이다. 이태리를 거쳐 유럽의 중심지 독일에서 세계의 무대를 향해 노래의 날개의 힘을 키우고 있는 조 소프라노가 오는 6월과 내년 1월의 프랑크푸르트 Alte Oper에서의 공연으로 독일에서 튼튼한 발판을 다지며 유럽 오페라 무대의 프리마돈나로 우뚝 서는 날이 오길 바라며 인터뷰를 마쳤다.

(2012년 4월, 프랑크푸르트지역한인회 「한인 F-Hanin」)

파독 간호 40년 역사를 기록한
≪파독≫ 발행인 양희순

꽃다운 젊은 나이에 미지의 독일 땅으로 날아온 동방의 나이팅게일, 파독 간호사들. 계약 기간이었던 3년 동안 열심히 일한 후에 고국에 돌아가려던 대부분의 그들이 독일에 정착한 지 어느덧 40여 년의 세월이 흘렀다. 이제 독일이 그들의 제2의 고향이 된 그들의 발자취를 기록하기 위해 동분서주 자료를 모으고 취재하였던 양희순 ≪파독≫ 발행인을 출판 기념회가 열렸던 프랑크푸르트 Diakoniestation에서 만나보았다.

안녕하세요? 먼저 ≪파독≫ 출간을 진심으로 축하드립니다. 이 책을 발간하신 감회가 어떠신지요?

정말 기쁩니다. 이 책을 발간하기까지 여러 어려움이 많았습니다. 그동안 이 책이 나오기까지 자료를 제공하여 주신 이종수 박사님, 이수길 박사님, Dr. Roerig, 송젬마, 대한간호협회, 주독 공관, 역대 회장님들 외 재독 교민 원로 여러분께 깊은 감사를 드립니다. 그리고 편집을 맡아 수고하여 주신 Darmstadt 아름다운 교회의 이창배 목사님, 황성봉 님, 표지 디자인과 수정작업을 마무리 해주신 이충국 님께 깊은 감사의 말씀 드립니다.

언제 이 책이 발간되었으며, 발행 부수는 얼마나 됩니까?

지난해 11월에 3,000부가 출판되었는데, 그동안 재독 공관과 재독 언론사, 한국의 관련 단체 등에 보냈으며, 이번 출판기념회에서 처음으로 보급을 시작하였습니다. 처음부터 저는 우리들의 역사책을 만들려는 사명감을 가지고 책 발간에만 온 정성을 다하느라 발간 이후의 생각은 하지 못했습니다. 그러나 이 책의 소중함과 그 가치의 인식이 중요하다고 생각합니다. 이 책의 독자가 간호사 동료들뿐만 아니라 전 세계에서 파독 간호역사에 관심이 있으신 모든 분들이 즐겁게 체험할 수 있는 기회가 주어지는, 이 책의 독자가 되었으면 하는 바람입니다.

어떠한 동기로 이 책을 발간하게 되셨는지요?

저는 어릴 때부터 역사나 지리 등에 관심이 많았어요. 가끔 매스컴을 통해 파독 간호사들에 대한 이런저런 기사가 나왔지만 거의 부분적인 취재 기사여서 파독 간호 역사를 알리는 데 부족한 면이 많았습니다. 국가적인 행사가 있을 때마다 나오는 TV 방송 또는 취재 기사, 인터넷에 올라온 글을 보면 거의 일부 간호사에 대한 취재 기사여서 코끼리 다리 만지기 식으로 잠깐 볼 수 있었습니다. 그런 상황을 접할 때마다 우리들의 역사에 더욱 관심을 갖게 되었고, 파독 간호 역사를 찾아내어 기록으로 남기고 싶었습니다.

공식적으로는 1966년부터 1976년까지 1만 2천여 명이 독일에 왔으며, 현재 남아 있는 간호 요원들이 약 2천~3천여 명으로 추정되는데, 파독 간호 역사에 관심 있는 간호 요원들은 그리 많지 않아요. 제가 재독한인간호협회 제10대 회장을 맡았을 때 재독한인간호협회 창립 20주년을 맞이하여 그해 2005년 10월에 〈재독간호〉 창립 20주년 회보를 발간하였지만 만족할 만한 역사 정리의 성과를 거두지 못했습니다. 그래서 이듬해 2006년 5월에는 삼성 유럽 본부의 후원으로 프랑크푸르트에서 파독 간호 40주년 기념 행사를 1천 여 명이 모인 가운데 성대하게 개최하면서, 파독 간호 40년사 발간을 동포사회에 약속하였지요.

많은 경비가 드는 대작업이었는데 경비를 어떻게 충당하셨습니까?

이 책 발간비로 2007년 3월에 연금에 해당하는 생명보험 중에서 별도로 적립해 두었습니다. 최근에 제가 어느 기업으로부터 책자 발간 경비를 지원받았다는 말도 있는데, 자료 수집에서부터 발간에 대한 모든 비용 전액을 자비로 부담하였습니다.

자료를 수집하고 책을 발간하기까지 얼마나 걸렸습니까?

자료 수집 광고를 4개 신문사에 하였고, 2006년 3월부터 2007년 5월까지 자료 수집하는 데 일 년 이상 걸렸습니다. 그러나 간호요원들이 보내온 대부분의 자료는 약 90% 이상이 이 책의 문학 수기부분에 실린 글입니다.

그러면 40년에 걸친 역사 자료를 어떻게 수집하셨습니까?

한국에는 보건사회부, 대한간호협회 등에 자료를 요청, 수집하였고, 독일에서는 주독 공관이나 독일 병원협회 등에 자료를 요청하였어요. 그리고 이 책의 편집인으로 황성봉 님이 관련 있는 관계당국이나 다른 분들께 연락하여 자료를 받기도 하였구요. 그 이외에도 편집진에서 관련된 사람이나 기관에 누차 문의하여 얻게 되었습니다.

파독 간호를 추진하셨던 마인츠 소아과 전문의이신 이수길 박사님으로부터 1966년 이후의 많은 자료를 받았습니다. 저의 집에서 Mainz 이수길 박사님 댁까지 왕복 500km 거리인데, 몇 번 왕래하여 박사님이 스크랩해두신 신문 자료들과 서류들을 편집을 맡아 주신 Darmstadt 이창배 목사님과 함께 가서 직접 스캔 하여 왔지요. 재독한인간호협회 창립 20주년기념 회보 〈재독간호〉를 만들 때 이수길 박사님을 한번 찾아 뵙고 자료를 받은 적이 있는데, 저와 이창배 목사님이 같이 한다면 믿을 수 있다고 하시면서 흔쾌히 자료를 제공하여 주셨습니다.

그리고 1966년 이전 자료는 Bonn 의과대학 종신교수이신 이종수 박사님으로부터 받았습니다. 이종수 박사님은 유럽에서 최초로 간이식 수술을 하신 분인데 저와 친분이 있는 목사님과 잘 아셨기 때문에 저를 신뢰하고 자료를 제공하여 주셨어요. 자료원본을 제게 우편으로 보내주셨고 제가 이 자료들을 복사한 후에 다시 돌려드렸지요. 이 책에 필요한 자료를 수집하기 위해 독일 여러 곳을 직접 찾아 다녔어요. 귀한 자료를 제공하여주신 이수길 박사님과 이종수 박사님, 그리고 한국간호사들의 독일진출을 위해 많은 수고와 활동을 하신 마인츠 대학병원 원장이셨던 Dr. Roerig 박사님께 깊은 감사를 드립니다.

그동안 전혀 알려지지 않았던 새로운 사실은 이종수 박사님이 1961년에 고아 2명을 한국에서 초청하여 간호 실습을 받게 하였으며, 그분들이 열심히 일하여 그들의 희생으로 점점 간호 실습의 문이 열리게 되어 간호 요원들이 독일로 진출하게 되었고, 또 다른 계통으로 Eichinger 신부님께서 가톨릭 계통을 통하여 송주선 (젬마) 간호사가 한국에 직접 나가 250명의 간호 학생들을 모집하였다는 사실입니다.

언제 어떤 계기로 파독 간호사로 나오게 되셨습니까?

제 고향이 목포와 광주 사이에 위치한 전남 몽탄면입니다. 그 당시 대부분 초가집이었는데 저희 집만 기와집이어서 어릴 때 '기와집 딸'이라고 불리었어요. 오빠 세 명에 여동생이 한 명 있어요. 오빠들 다음에 제가 딸로 태어나 집안의 귀염둥이였는데 한국전쟁 후에 가세가 기울어졌지요.

그 당시 제 친구들이 독일 함부르크 등에 간호사로 나가 있었어요. 지금도 체코 국경 가까이에 위치한 Weiden에 친구들이 한독 가정을 이루어 살고 있구요. 독일에 대한 아름다운 소식을 친구로부터 편지로 자주 접하게 되었으며, 1973년 2월 제가 만 24살 때 간호 조무사로 독일에 왔습니다. 그동안 독일 간호학교를 졸업하여 정식 간호사가 되었지요.

현재 가족들은 어떻게 되시는지요?

저는 독신으로 슈투트가르트 근교에 살고 있습니다. 제가 독일에 나오기 전에 부모님이 다 돌아가셨어요. 아버님이 갑작스레 돌아가신 후 충격을 받으신 어머님도 일 년 후 하루아침에 갑자기 돌아가시게 되어 일 년 만에 부모님을 모두 잃게 되었지요.

지금도 일을 하고 계신지요?

슈투트가르트의 Katharienen Hospital 마취과에서 현재 100% 근무하고 있습니다. 제가 이 책을 내는데 시간이 오래 걸렸던 것도 아침 6시 반에 병원 근무를 나가서 오후 5시 반이나 6시 경 집에 돌아와 그때부터 받은 원고들을 교정하고 자료를 수집하는 작업을 하느라 밤 12시나 1시가 넘어서 자리에 들 때도 많았어요.

책자에 나온 원고들을 직접 교정하셨습니까?

네. 간호 요원들이 보내오신 원고들 중에는 손으로 써서 잘 알아보기 어려운 부분도 많았고 문장이 제대로 맞지 않아 어려웠지요. 40여 년 외국 생활에 한글 문장표현이 어려운 분들도 많았습니다. 그러나 보내온 모든 원고를 직접 컴퓨터로 치고 교정을 보느라 시간이 무척 많이 걸렸어요. 6년 전에 컴퓨터 자판기를 다 외우고 연습하여 지금은 350타 정도입니다.

방대한 자료를 분류하고 편집하는 데 예상보다 많은 전문성이 필요하였고 또 역사 자료이기 때문에 정확한 날짜, 정확한 이름을 찾기 위해 시간이 많이 걸리기도 하였어요. 예를 들어 1966년 6월 28일인지 아니면 6월 29일 혹은 30일인가를 정확히 가려 내기 위해 자료를 검토하고 컴퓨터에서 검색하는 시간도 많이 필요했구요.

올해 독일에 오신 지 벌써 36년이 되셨으니 파독 간호 역사의 산 증인이시군요. 앞으로 하시고 싶은 일이 있다면 어떠한 일인지요?

저는 이 책에 누락된 자료와 역사를 더 찾아서 더 정확한 역사책을 만들고 싶습니다. 이 책에 1977년 독일의 전 병원별로 파독 간호사 실태를 파악한 명단을 수록하였는데, 사실 이 명단에 제 이름도 들어 있지 않습니다. 이 자료는 공관을 통해 받은 자료이기 때문에 그 자료를 그대로 옮긴 것이지요. 그러나 공관에 보관된 서류가 너무 오래되어 손으로 기록된 경우 복사본을 읽을 수가 없었습니다. 실제로 이 책이 발간되니 재독 한인 역사를 써 보면 좋겠다고 하시는 분들이 몇 분 계셨어요. 좀 더 자료를 수집하여 보완된 파독 간호사들의 역사와 재독 한인 역사를 기록해 보고 싶습니다.

다시 한번 귀한 책을 발간하신 데 대해 축하를 드리며 건강하시기 바랍니다.

460여 쪽에 걸친 방대한 한독 관계 자료와 통계, 독일 전 지역 병원별 파독 간호사 명단, 30여 명의 파독 간호사들의 애환과 눈물의 체험기, 그들의 희로애락의 역사가 고스란히 담긴 40여 명의 개인 앨범들이 들어 있는 이 책에 만족하지 않고 더 수정보완된 역사자료책을 만들고자 포부를 밝히는 그녀의 지치지 않는 열정에 그만 압도당하고 말았다. 만 24세에 독일 땅을 밟아 어느덧 60세를 넘겼지만 그녀의 열정과 집념은 여느 젊은 이십 대 못지않은 에너지를 지니고 있었다.

(2009년 2월, 유로저널)

KOSTE 및 올바살 운동
국제 대표 김승연 목사

KOSTE(Korean Students Mission in Europe) 모임은 유럽에서 유학하고 있는 유학생들과 2세들을 위한 모임으로서 매년 독일이나 유럽의 한 나라에서 수양회를 열고 있다.

지난 2월 23일부터 27일, 베를린에서 '하나되게 하소서! –화해, 일치, 통일' 이라는 제목으로 450여 명이 모였던 제 25회 KOSTE 모임에는 유럽 현장에서 사역하고 있는 40여 명의 목회자들과 한국과 미국, 영국 등에서 초청된 강사들이 베를린 Jugend–Gaestehaus 옆에 위치한 교회에 모여 유럽에 있는 한인 유학생들과 2세들과 함께 뜨거운 신앙과 비전을 함께 나누었다.

KOSTE 와 더불어 올바살(올바로 살기) 운동을 활발히 전개하고 있는 KOSTE 국제 대표 김승연 목사를 만나 그의 신앙과 비전을 들어보았다.

안녕하세요? 먼저 KOSTE 모임이 언제 어떻게 시작되었는지 소개해 주시기 바랍니다.

1986년에 시작되었는데 1988년 3월에 첫 KOSTE 수양회를 당시 동독과 서독 국경 지역에 위치해 있는 힛자커 Jugendherberge에서 약 130여 명의 유학생들이 모인 가운데 가졌습니다. 지금이야 전 유럽에 한국 유학생들이 두루 퍼져 있지만 20여 년 전만 해도 교민은 물론 유학생들도 독일에 제일 많았습니다. 그래서 KOSTE도 처음에는 독일을 중심으로 개최하다가 유럽 전역에 산재해 있는 유학생들과 2세들을 위해 각 나라와 도시를 순회하며 개최해 왔습니다.

1980년대에는 '유학생' 하면 대단하였습니다. 이들은 교민들 사이에서는 특수 엘리트 집단으로 여겨졌으며, 군사 독재 정권 시절에는 반정부 운동의 주체로 주목을 받았습니다. 그런데 기독 학생들보다 비기독 학생들이 많았습니다. 저는 이때 함부르크에서 유학생들을 어떻게 도울 것인가 기도하는 가운데 유럽 유학생 선교의 비전을 보고 KOSTE를 시작하게 되었습니다.

독일에 계시다가 한국에 들어가셨다고 들었습니다.

1983년에 독일에 와서 만 22년을 함부르크 한인 선교교회에서 시무하다가 2004년 12월에 한국에 들어가 전주 서문교회를 담임하게 되었습니다. 독일이 통일되던 1989년 11월 9일 금요일, 저는 현재 KOSTE 유럽 대표이신 베를린 선교교회 한은선 목사님과 함께 베를린 브란덴부르크 문에 가서 그곳에 모여든 구동독, 서독의 젊은이들과 함께 베를린 장벽을 망치로 함께 부수기도 하였습니다. 그때 허문 장벽 조각들을 한국으로 가져오기도 하였지요. 그날 베를린 장벽이 무너지기 십여 년 전부터 파이프 방책을 붙들고 남북한도 통일이 되도록 간곡히 기도하였던 생각이 납니다.

북한을 방문하신 적이 있습니까?

2003년에 북한 평양 정성제약 안에 수액(링거)제 공장 설립을 위한 계약을 위해 초교파적인 7명의 사업단을 구성하여 8일간 북한을 방문한 적이 있는데 이때 방문 단장의 자격으로 북한을 다녀온 적이 있습니다. 저는 사실 북한에 가서 복음을 전하다가 순교하는 것이 소원이었습니다. 그러나 사도 바울의 마게도니아의 환상처럼 저도 유럽에 대한 비전을 보고 1983년 유럽 땅인 독일에 나오게 되었습니다.

22년간 독일에 계시며 하신 사역에 대한 소개를 부탁드립니다.

1985년부터 동유럽 8개국을 종횡무진 다니며 복음을 전하였지요. 공산당 세 명에게 약 45분간 복음을 전하기도 하였어요. 유럽에 나온 유학생들을 돕기 위해 1986년부터 KOSTE를 시작하여 매년 수양회 모임을 가졌습니다. 이 KOSTE로부터 1996년 올바살 운동이 태동되었습니다.

‘올바살 운동’이란 어떠한 운동입니까?

올바로 살기 운동을 줄여서 ‘올바살 운동’이라고 합니다. 신앙을 가진 신자들이 올바른 신앙과 함께 올바른 생각, 올바른 삶을 살도록 하는 운동입니다. 자기 안에 있는 올바르지 못한 의식과 잘못된 부분을 바로 잡자는 운동입니다. 이 운동은 KOSTE의 정신적 연장선에서 도덕적 타락과 가치의 혼돈으로 방향을 잃어 가는 현대인들에게 도덕성의 회복과 함께 삶의 가치를 제시하는 운동이지요. 현재 유럽과 한국, 북미주, 남미주와 호주 등지에 그 지부를 두고 이 운동을 펼치고 있으며 제가 쓴 ≪올바살 운동≫이라는 책에서 그 정신과 행동의 지침을 제시하고 있는데 현재 각국의 선교사들을 통해 번역작업이 활발히 진행되고 있습니다.

신앙생활과 목회 생활에서 가장 중요하게 여기시는 점이 무엇입니까?

저는 목회자로서 평생 목회 7대 철학을 가지고 있습니다. 첫째, 하나님 중심 둘째, 말씀 중심 셋째, 교회와 예배 중심 넷째, 교육, 선교, 봉사 중심 다섯째, 가정 중심 여섯째, 실천 중심 일곱째,

하나님 영광과 하나님 중심입니다. 여기에서 '하나님 중심과 하나님 영광'이 알파와 오메가입니다. 무슨 일을 하든지 하나님이 영광을 받으시지 않으면 헛된 일이기 때문입니다.

전주 서문교회는 역사적인 교회라고 들었는데 어떠한 교회인지요?

전주 서문교회는 교회 설립 역사가 116년 되는 교회로서 우리나라 남북한을 합하여 여덟번 째 되는 교회이며, 한강 이남의 충청 전라권에서 장자 교회입니다. 그리고 본 교회를 목회하신 미국 남장로교 초대 선교사이며 호남 개척 선교사였던 레이놀즈 선교사님이 우리나라에서 구약전서를 번역한 교회이기 때문에 의미가 깊습니다. 그리고 우리나라에서 가장 오래된 종탑이 있는 교회입니다.

언제 신앙을 가지게 되셨습니까? 부모님이 기독교인이셨는지요?

아닙니다. 저희 집안에서 제가 제일 먼저 기독교 신앙을 가지게 되었습니다. 저는 6남매 중 유복자로서 다섯 살 때 주일학교를 다니기 시작했고, 초등학교 때 요한복음 1장 12절 "영접하는 자, 곧 그 이름을 믿는 자들에게는 하나님의 자녀가 되는 권세를 주셨으니" 말씀을 통해 예수님을 구주로 영접했습니다. 지금은 전 가족과 가문이 믿음을 가지게 되었습니다. 저희 어머님 자손들이

92명인데 하나님의 은혜로 어머님은 권사님, 형님과 형수들은 장로, 권사, 누님과 매형은 목사와 장로, 권사이고 자손들은 모두가 유아 세례 교인 출신으로 단 한 사람도 곁길로 나가지 않았습니다.

아직 신앙을 갖지 못하는 분들을 위해 해 주시고 싶은 말씀이 있다면 무엇입니까?

꼭 예수님을 구주로 믿어야 합니다. 이 세상에서 기독교는 구원과 영생을 주는 유일한 종교이며, 오직 구원은 예수님밖에는 없습니다. 그리고 이 세상이 전부가 아니고 영원한 내세가 있습니다. 곧 천국과 지옥입니다.

올바로 살기 운동에 대한 책 이외에 직접 쓰신 저서들에 관해 소개해 주시기 바랍니다.

그동안 15권 정도의 책을 발간하였습니다. 첫 번째 책이 ≪윤리야, 너는 어디로 사라져 버렸니≫이고, 두 번째 책이 ≪바벨탑을 쌓으려는가≫이며, 세 번째 책이 ≪서구교회의 몰락과 한국교회의 미래≫입니다. 그 외 ≪유럽교회는 어디로 갔는가≫ ≪21세기 한국교회는 어디로 가야 하나≫ 등이 있습니다. 그리고 논픽션 신앙 간증 수기 ≪백골사단의 용가리 통뼈 김이병 이야기≫가 있는데 이 수기는 제가 독일에 있을 때 유럽 크리스챤 신문(발행인 이창배)에 매월 연재되기도 하였지요. 2007년에 발간한 책으로 ≪공부 잘하는 지혜를 얻는 7가지 방법≫ 등이 있습니다.

이번 KOSTE 수양회에서 느끼신 점이나 독일과 유럽에서 유학하고 있는 유학생들과 2세들에게 하시고 싶은 말씀은 무엇입니까?

1986년도에 유럽 유학생들을 위한 선교 사역을 출발시킨 저로서, 그리고 평소에 조국 통일을 꿈꾸며 살았던 저로서 독일 통독 20주년을 맞이하는 2009년에 20년 전 동서독의 통일을 위해 기도했던 독일 통일의 현장인 베를린에서 25회 KOSTE가 열렸다는 데 대하여 감회가 깊습니다. 세계 유일한 분단 국가의 유학생들과 2세들이 통독의 현장 베를린에서 수양회를 개최한다는 것은 그만한 의미와 사명이 있다고 봅니다. 이번 수양회에 참석하신 분들이 사명을 받고 조국 통일의 주역들로 헌신하는 자들이 되기를 바랍니다.

21세기엔 학생들과 젊은이들을 붙잡지 못하면 교회에 남아 있는 젊은이들마저 교회에 흥미를 느끼지 못하고 떠날 것이며 그리하면 교회는 텅텅 비게 될 것입니다. 영국의 'UCCF'(IVF) 총무였던 더글러스 존슨(Douglas Johnson)은 말하기를 "내일의 세계를 정복하려면 오늘의 대학을 정복하라."고 했고, 청교도였던 존 나 올즈(John Knowles)가 매사추세츠 주 주지사인 리버렛(Leverett) 에게 보냈던 편지에 "대학이 죽으면 교회도 오래 가지 못한다."고 했던 사실을 상기시켜 주고 싶습니다. 그러므로 한국 유학생들과 유럽의 2세들은 유럽의 캠퍼스를 복음화하는 데 최선을 다해 주기 바랍니다.

남북통일을 위해 기도를 많이 하고 계신데 남북통일관이 있으시다면 말씀해 주시기 바랍니다.

구소련과 구동구권이 정치나 문화나 다른 것으로 무너진 것으로 아는데 깊이 들어가면 그렇지 않습니다. 복음과 기도로 무너졌습니다. 라이프찌히의 젊은이들이 유혈 폭동으로 일어났을 때, 니콜라이 교회로 피신해 온 이들에게 니콜라이 교회의 목사가 "기도하자"고 하여 매주 월요일, 통일을 위한 기도 모임이 이루어졌고 이 기도 모임이 동베를린까지 이르게 되어 독일 통일을 위해 기도하였던 수많은 젊은이들을 통하여 예측 불허의 통일이 이루어졌습니다. 그런 점에서 저는 남북통일도 복음과 기도로 된다고 믿습니다. 그런 의미에서 한국 교회는 복음의 능력을 회복하여 북한 선교에 힘써야 하며 깨어 기도해야 합니다.

KOSTE가 앞으로 나아가야 할 방향이 무엇이라고 생각하십니까?

KOSTE는 '학원복음화'라는 사명과 '유럽 유학생 선교'를 하는 정체성을 지켜 나가야 합니다. 그리고 신앙과 삶이 이원화되는 이율배반적인 신앙에서 벗어나 신앙과 삶이 하나가 되는 올바살 운동에 헌신해야 할 것입니다. 그 이유는 앞으로 모든 선교와 전도는 이원화되는 기독교를 원치 않기 때문입니다.

앞으로 하시고자 하시는 비전과 계획이 있으시다면 무엇입니까?

저는 세 가지 일을 죽을 때까지 할 것입니다. 첫째는 목회이며 둘째는 학원 선교입니다. 그리고 셋째는 올바살 운동입니다.

김승연 목사는 베를린 KOSTE 수양회에서 첫 강의를 시작하기에 앞서 〈우리의 소원은 통일〉이라는 노래를 불러서 장내를 숙연하게 만들었다. '하나되게 하소서!'라는 플래카드에 철조망과 십자가를 배경으로 국군과 북한 군인이 한 형제가 되어 서로 얼싸안고 있는 그림을 직접 디자인하였다는 김 목사는 스스로를 '통일군'이라고 말한다고 하였다.

유학생들과 2세들이 장차 통일 한국의 주역이 되도록, 그들이 신앙을 생활 속에 실천하는 올바른 삶을 살도록, 그리고 세계에서 유일하게 남아 있는 분단 국가인 남한과 북한의 통일을 위해 오늘도 새벽부터 강단에서 무릎을 꿇고 기도하며 설교할 뿐만 아니라 올바로 사는 올바살 운동을 세계 곳곳에 일으키며 그의 삶으로 설교하고 있는 김승연 목사를 통해 장차 '통일 한국'과 '세계 속의 한국'의 희망을 볼 수 있었다.

(2009년 3월, 유로저널)

≪파독 광부 45년사≫를 출판한
유상근 편집위원장

  45년 전 1963년 12월, 당시 파독 광부 500명 모집에 약 4만 6천명이 응시하였다. 실업률 28%로 일자리가 귀하던 몹시도 가난했던 시절, 한국의 피 끓는 젊은이들 247명은 새로운 삶의 희망을 찾아 광부로 서독에 도착하였다. 그 후 매년 독일에 나온 파독 광부들은 1977년까지 약 14년간 모두 7,936명. 이들은 지하 1,450m, 섭씨 35도의 어둡고 뜨거운 막장에서 그들의 젊음을 가족들과 조국을 위해 불살랐고, 힘겹게 번 그들 월급의 대부분을 조국으로 송금하였다.

  당시 국민 소득 70달러에 불과하였던 조국이 이제 세계경제 14위의 선진 대열에 오르기까지 이들의 땀과 눈물과 청춘이 그 거름이 되었다. 파독 광산 근로자 단체인 재독한인글뤽아우프회(회장 성규환)는 올해 5월에 ≪파독 광부 45년사≫를 발간하고 지난 5

월 9일 Essen시에서 약 400명이 모인 가운데 노동절 행사와 더불어 출판 기념회를 가졌다.

깔끔한 흰색 표지에 ≪파독 광부 45년사≫라는 제목이 쓰여 있고 그 바로 아래에는 '1963-2008'이라는 결코 짧지 않은 세월의 연대가 표시되어 있다. 표지 한 가운데 독일 지형이 그려진 지도 안에 약 300여 명의 재독 한인들의 역사 사진이 들어 있다. 목차만 12쪽에 달하는 것을 보고 자료 수집과 기록 정리에 얼마나 많은 정성을 들이고 애를 썼는가 알 수 있었다. 제1장 광부 역사 시작에서부터 제2장 박정희 대통령 방독, 제3장 한국 근로자 서독 진출, 제4장 파독 광부 제2의 도약, 제5장 사단법인 재독한인 글뤽아우프회, 제6장 파독 광부 적립금과 연금, 제7장 한독 교류(개인), 제8장 재독한인단체 등으로 이어져 제18장 기록과 사진으로 보는 45년 역사에 이르기까지 장장 564쪽에 걸쳐 지난 45년간의 역사를 기록하고 있다. 지난 약 반세기에 이르는 파독 광부들의 역동적인 삶의 발자취들을 담은 책을 편집 발간한 유상근 편집위원장을 만나 이 역사책이 나오기까지의 이야기를 들어보았다.

안녕하세요? ≪파독 광부 45년사≫ 발간을 진심으로 축하 드립니다. 언제부터 책 발간 작업을 준비하셨습니까?

지난 2007년 7월, 재독한인글뤽아우프회 총회 때 이 발간 사업에 대한 계획이 발표되었고, 2008년 초부터 본격적으로 자료 수집에 들어갔습니다. 그러나 저 개인적으로는 십 년 전부터 자료를 모으고 있었습니다. 시간 날 때마다 다른 분으로부터 자료 제공도 받고 인터넷에서 자료를 수집하고 있었지요.

그때부터 이미 언젠가 책을 내려고 준비하셨는지요?

1997년에 이상호 회장 재임시에 이미 ≪파독 광부 30년사≫를 글뤽아우프회에서 발간한 적이 있었습니다. 그 30년사가 바탕이 되었지요. 제가 1999년 글뤽아우프회 회장직을 물러나며 언젠가 기회가 오면 다시 역사 기록책을 발간하여야 하겠다는 생각을 하였지요. 마침 2007년 성규환 회장을 중심으로 한 집행부에서 이일을 추진하면서 제가 편집 출판일을 맡게 되었습니다.

이번에 몇 부를 발간하셨으며 발간 소요 경비가 얼마가 들었습니까?

한국의 한 출판사에서 2,000부를 발간하였습니다. 노동부에서 파독광부적립금 중 발간비 3천만 원을 받아 발간하였는데 이 금액으로는 상당히 부족하였지만 편집진들은 사명감으로 이 일을 하였습니다. 그리고 만일 이 책을 판매 목적으로 발간한다면 후원처의 광고를 게재하여야 하는데 역사적인 자료가 되는 책이기 때문에 기업 광고를 싣는 것이 마땅치 않다고 생각하여 비매품으로

하기로 하였습니다.

　책 발간을 축하하는 축사는 어느 분이 써 주셨습니까?

　이영희 노동부 장관과 최정일 주독대사, 한국산업개발연구원 백영훈 원장, 재외동포재단 권영건 이사장, 재독한인총연합회 이근태 회장, ≪한독교섭사≫를 발간한 서울법대 최종고 교수님들이 축사를 써 주셨습니다.

　책의 편집은 누가 맡아서 하셨습니까?

　문흥범 님과 교포신문사 나복찬 기자님이 수고하셨고, 제가 편집을 맡아서 하였습니다. 이분들은 파독 광부로 오셨지만 대학 출신으로서 실력이 있는 분들이지요.

　45년의 역사를 기록하고 자료를 수집하는 일이 쉽지 않으셨으리라 짐작이 됩니다. 책을 발간하신 감회가 어떠십니까?

　2세들은 이 작업을 할 수 없고 1세대 가운데 누군가가 반드시 이 작업을 하여야 한다고 생각하고 있었습니다. 마침 글뤼아우프회에서 이 사업을 하기로 하고 성규환 회장이 이 발간 사업을 제가 맡아서 하도록 하였지요. 단체에서 하는 일이라 맡아서 하였는데 무식한 자가 용감하다고 겁 없이 이 일을 맡았다가 많은 고생을 하였습니다. 지난 2년 동안 제가 좋아하는 글 쓰는 일도, 다른 아무 일도 못하고 all stop인 상태로 이 일에만 매달려야 했으니까요. 산고를 치르고 아기를 출산시킨 느낌입니다. 부족한 점이 있지만 십 년 후쯤 이 책에 대한 평가가 나오리라 생각합니다.

독일에는 언제 어떤 동기로 오시게 오셨습니까?

저는 1971년 6월 9일, 2차 파독 광부 60명이 독일에 올 때 나왔습니다. 그때는 너 나 할 것 없이 살기가 힘들었지요. 제가 고등학교 3학년 때 아버지가 돌아가셨어요. 6남매 중 제가 장남이었는데 호주가 되어 가족들에 대한 책임감과 부담감이 컸지요. 제대후에 대학을 못 가고 작은 한 업소를 개업하여 일하다가 파독 광부 모집을 보고 응시하였지요.

처음에 독일에 오셔서 일하신 곳이 어디입니까?

Oberhausen 루르 지방 공업 단지에서 일하였습니다. 그때 그곳에서 함께 일하던 광부들은 1만여 명이었는데 그중 한국인 광부들은 약 120명에 달하였지요. 원래 체중 60kg 이상이어야 자격이되는데 저는 체중 미달이어서 첫 번째에는 합격하지 못했다가 한 달 후에 나오게 되었습니다.

'글뤽아우프' 라는 뜻이 무엇인지 설명을 해 주시면 좋겠습니다.

'Glueck auf'라는 말은 지하 막장에 들어갈 때 사고 없이 다시 무사히 올라오라는 광부들 사이의 독일어 인사말이지요. 이 말을 그대로 저희 단체의 이름으로 쓰기로 결정하여 지금까지 재독한 인글뤽아우프회로 지칭하고 있습니다. 회원들의 친목을 위해 결성되었는데 현재 회원 수는 1,200명에서 1,400명 정도입니다.

광부로 3년간 계약 기간을 마친 후 독일에서 하신 일이 무엇입니까?

독일 정부에서 외국인 근로자들을 위한 직업 교육 프로그램이었던 Muenster Programm이라고 하는 2년 단기 코스의 용접 배관 기술 교육을 받고 쾰른에서 1985년까지 약 11년간 근무하였습니다. 그 후 1985년부터 2003년까지 전통 공예품을 파는 자영업을 하였지요. 1990년 초부터는 매년 프랑크푸르트 소비재 박람회가 열릴 때마다 자체 전시장 부스를 설치하고 사업을 할 정도였는데 한국의 IMF 때부터 이 사업이 사양길에 들게 되었어요. 전통 공예품이란 생필품이 아니라 선물 용품이라서 그 나라 경기에 굉장히 민감한 사업이지요. 그리고 그때부터 전세계적으로 컴퓨터를 비롯한 IT 제품들이 등장하면서 이 사업을 정리하게 되었습니다.

파독 광부로 오신 분들 중에 독일에서 돌아가신 분들은 몇 분이십니까?

≪파독 광부 30년사≫에 1996년까지 129명이 사고나 병 등 여러 가지 이유로 고인이 되었다고 기록되어 있어요. 지금까지 약 300명이 독일에서 고인이 된 것으로 추정하고 있습니다.

한인 2세들을 포함한 지금 젊은이들에게 해 주고 싶은 말씀이 있다면 무엇입니까?

지금 젊은 세대들은 '보릿고개'라는 말이 무슨 뜻인지 잘 모릅니다. '보릿고개'라는 말은 겨울을 보낸 농부가 보리 익을 때까지 기다려야 하는 긴 봄을 말하였지요. 그렇게 어려운 시절이 있었는데 부모님이 어떻게 살아왔는지 모르고 나 하나만 충족하면 된다는 이해타산적인 생각이나 삶의 자세는 변화되어야 한다고 생각합니다. 이 역사책을 읽고 1세대들이 얼마나 가난과 역경을 헤치며 도전적인 삶을 살아왔는지 오랜 세월을 두고 생각하며 알아갔으면 좋겠습니다.

종종 교포신문이나 우리신문에서 시 작품을 올리신 것을 읽었는데 언제부터 시를 쓰셨는지요?

저는 고등학교도 실업계를 다녔는데 그때 써클 활동을 하며 시를 썼지요. 그런데 지난 30년간 단절 기간 후에 사업을 축소한 후 시간 날 때 문득문득 시를 다시 쓰게 되었어요. 그리고 교민 사회가 메말라 가는 것 같아 이러면 안 되겠다 싶어 교포신문이나 우리신문에 제 시를 보내서 올리곤 했습니다. 이번 ≪파독 광부 45년사≫에도 파독 광부로 오셨던 장해남 씨의 〈Glueck auf〉라는 시를 비롯한 세 분의 시 작품을 실었습니다.

앞으로 하시고 싶은 일은 무엇입니까?

제가 그동안 한국을 방문하면서 느낀 것이 있는데 농촌 지방에 폐교된 건물들이 많다는 것이었습니다. 아마 도시로 인구 이동이 많기 때문인 것으로 생각됩니다. 이 폐교를 이용하여 한독간 문화 교류를 하면 좋겠다는 생각이 들었습니다. 테마 학교를 만들어 농촌 지역 같으면 그 지역의 특산물, 바닷가일 경우에는 갯벌이 유명할 경우 그곳에 며칠간 머물며 그 인근의 유적지를 탐방한다든지 자연탐방을 하며 테마 체험을 하도록 하는 것이지요. 독일인들이니 재독 교민, 한인 2세들이 그곳에 가서 문화 교류를 하는 일이 가능성이 있을 것으로 보여 이 일을 하고 싶은 생각이 있습니다.

이 책을 발간하신 후 하시고 싶은 말씀이 있다면 해 주시기 바랍니다.

파독 광부들은 3년을 계약하고 독일에 왔지만 대부분이 다시 조국으로 돌아갈 수 없는 상황이었습니다. 3년만 고생하면 집 한 채 정도 살 수 있다는 희망으로 독일에 왔지만, 근무하는 동안 대부분의 월급을 조국으로 송금하였고 조국에 돌아가 일자리를 다시 얻기도 힘들었고 또 직장이나 가정을 이루어야 하는 나이들 이었지요. 그 당시 계약 기간을 마친 후 파독 광부들은 캐나다, 미국, 유럽 각국 등 다른 나라로 떠나거나 독일에 남아 기술 교육을 받고 생산 공장에 들어가는 등 제2의 삶의 길을 택하는 과정이 복합적이었습니다. 독일에 남은 광부 근로자들을 간호 협회만 빼고는 수도 없이 많은 재독 한인단체나 협회를 만들어 교민 사회를 이끌어 오는 주축이 되었지요.

그런데 저희들 대부분은 30대 초에 독일에서 근무를 하였기 때문에 정년 퇴직 후 독일 정부에서 받는 연금은 20대부터 일하여 40년 이상 근무한 독일 사람들이 받는 연금에 비해 그리 많지가 않습니다. 조국이 어려울 때 독일에 나와 청춘을 바치며 외화를 벌어들였던 광산 근로자들에게 한국 정부에서 당연히 보조를 해 주어야 한다고 봅니다. 이 점에서 관계 당국이나 담당자 여러분들의 배려가 있기를 바라는 마음입니다.

그는 1997년부터 2년 동안 재독한인글뤽아우프회 회장을 역임

하며 한국이 IMF로 어려울 때 재외 동포들이 한국에 송금하는 운동을 벌인 공로로 대통령상을 받았으며, 2003년에는 재독한인 세계상공인총연합회 초대회장을 맡으며 세계한상대회를 개최하여 재독한인상공인들과 조국을 연결시키는 활발한 교류를 가졌다.

현재 유럽 한인총연합회 자문위원이며 쾰른한인회 회장을 맡고 있기도 한 유상근 편집위원장. 약 두 시간에 걸친 인터뷰를 하며, 체중 미달로 독일로 왔고 지금도 똑같이 그때 체중이라고 말하는 그이지만 만 26세의 젊은 나이에 독일에 와서 지난 38년간 재독 한인 역사의 굵직한 일들을 해내고 있는 그의 역량이 앞으로도 계속 뻗어나갈 것이라는 신뢰를 가질 수 있었다.

(2009년 5월, 유로저널)

유럽에서 오페라 주역으로 활약하는
알프레드 김

독일 프랑크푸르트 오페라하우스에서 10월 24일부터 공연되는
≪라보엠≫에서 주역인 로돌포 역을 맡아 〈그대의 찬 손〉을 부르
게 될 테너는 독일인이나 유럽인이 아닌 바로 한국인 테너이다.
이제는 독일뿐 아니라 영국 런던 로얄오페라와 오스트리아의 비
엔나 오페라극장에서도 친숙한 이름이 된 Alfred Kim 테너를 만
나 보았다.

안녕하세요? 오는 10월 24일부터 프랑크푸르트 오페라하우스에서 공
연되는 푸치니의 ≪라보엠≫의 주역 로돌포 역을 맡게 된 것을 축하드립
니다. 독일이나 유럽에서 한국인으로서 주역을 맡는 일이 쉬운 일이 아
닐 텐데 그 비결이 무엇입니까?
처음부터 끝까지 그 작품을 책임지고 맡아서 공연하는 것이 중

요하다고 봅니다. 실수 없이 끝까지 하는 것도 중요하지만 중간에 실수를 하더라도 끝까지 그 작품을 책임성 있게 이끌어 가는 것이 더 중요합니다. '이 사람은 한 작품을 책임질 수 있는 사람이다.'라는 인정을 받는 것이 관건이지요.

공연 도중에 실수를 하신 경험이 있으십니까?

초보 시절에 많이 있었지요. 그 당시에 한꺼번에 여섯 내지 일곱 작품을 공연해야 했던 적이 있었어요. 일주일에 세 번을 공연하는데 매번 다른 작품을 공연하게 될 경우에는 아무리 기억력이 좋아도 실수를 하게 되지요.

유럽에서의 활동은 언제 시작하셨습니까?

저는 유학을 오지 않고 세계 콩쿨을 통해 나오게 되었어요. 차이코프스키 콩쿨, 벨기에의 퀸엘리자베스 콩쿨 등과 함께 세계 3대 콩쿨 중의 하나인 뮌헨의 ARD 국제음악콩쿨 성악부문에서 1등 없는 2등으로 입상하게 되어 나오게 되었지요. 이때 최종 시험에서 26개 곡을 악보 없이 외워서 불렀어요. 유럽에서의 활동은 1999년 이태리에서 시작하였고, 저는 이태리언 테너로 알려져 있어요. 이태리어와 불어로 하는 작품의 주역을 주로 맡아서 공연합니다. 독일에는 2000년 카셀(Kassel) 시에서 시작하였어요.

이태리나 프랑스에서 계속 활동하지 않고 독일에 오신 이유가 무엇인지요?

바그너를 공부하고 싶어서 독일로 왔습니다. 제 목소리가 바그너 테너에 맞다고 주위에서 이야기합니다. 바그너에 나오는 테너는 나이도 많고 20~30년 정도의 연륜이 섞인 소리를 내야 하지요. 제가 해 보고 싶은 작품도 바그너의 ≪탄호이저≫에 나오는 탄호이저 역입니다. 심오하고 미묘한 소리라고 봅니다.

오페라를 시작하게 된 동기는 무엇입니까?

제가 고등학교 3학년 때 우연치 않게 학교에서 테이프로 한 성악가의 노래를 듣게 되었어요. 제 생각에 '나도 저 정도는 부를 수 있겠다.' 하는 생각이 들어서 친구들에게 "나도 저 정도는 부를 수 있겠는데 어떻게 생각하는가?" 하고 물어보았더니 친구들도 그렇게 생각한다고 하여 그때 성악을 전공하려고 결정하게 되었어요. 그리고 독창회나 오라토리움, Messe 등도 하지만 오페라는 '극'이기 때문에 자유롭게 행동할 수 있는 장점이 있어요. Messe나 오라토리움 등의 음악 행위는 짜여진 절도를 필요로 하기 때문에 저는 자유스러운 것을 좋아하여 오페라를 즐기면서 합니다.

성악을 전공하고자 할 때 부모님이 그 뜻에 찬성하였는지요?

부모님은 반대하셨어요. 성악을 전공한다면 어느 정도 Top 수준이 되어야 먹고 살 수 있는데 그럴 확률은 아주 적기 때문이었지요. 어머니가 피아노를 치시는데 제 목소리는 아버지 쪽에서 받은 것 같아요.

본명이 김재형이신데 따로 Alfred라는 이름을 붙이시게 된 동기나 이유가 있으신지요?

Alfred라는 이름은 한국에서 기성 오페라 데뷔 작품이 요한 스트라우스의 오페레타 ≪박쥐≫에서 Alfred 역이었어요. 그래서 나중에 외국 이름으로 사용하려 생각했었지요. 제가 하는 일의 특성상 이름을 널리 알려야 하고 또 일을 하면서 많이 불려야 하는데 유럽에서는 '김재형'이라는 이름 자체를 부르는 것도, 기억하는 것도 너무 힘든 일이기에 부득불 좋은 이름을 놔두고 'Alfred'라는 이름을 사용하게 되었어요.

그동안 어느 나라에서 공연을 하셨습니까?

저는 현재 프랑크푸르트 극장에 소속되어 있지만 제가 작품을 선택할 수가 있습니다. 그동안 영국과 오스트리아 비엔나, 미국의 뉴욕, 칠레나 아르헨티나 등 약 15개국에서 공연을 한 적이 있습니다. 한 달에 7~8번 정도 국제 여행을 하지요.

공연하신 작품 중에서 가장 인상적인 작품이 있다면 어떤 것입니까?

제가 맡은 역의 노래뿐만이 아니라 작품에 나오는 다른 사람들의 모든 곡까지 외우고 있는 오페라 작품이 약 20편 정도 됩니다. 이 중에서 ≪돈까를로≫, ≪라보엠≫, ≪카르멘≫, ≪토스카≫ 등의 작품이 대표적이라고 볼 수 있습니다.

공연하실 때 유럽 청중들의 호응도나 수준은 어떠합니까?

제 경험상 영국에서 공연할 때 항상 환영을 받았습니다. 런던의 로얄오페라에서 베르디의 ≪돈까를로≫를 공연할 때 언제나 호응이 좋았어요. 그래서 제가 영국 사람들은 항상 이렇게 반응이 좋은가 다른 사람들에게 물어보았어요. 모든 사람들을 그렇게 환영하는 것은 아니라고 하더군요. 제가 작품에 몰입하여 공연할 때에는 항상 반응이 좋았어요. 몰입하는 그 자체를 청중들이 보기 때문이라고 생각합니다.

한국에서도 공연을 하신 적이 있습니까?

많이 있지요. 한국에 더 알려졌죠. 예술의 전당에서 공연한 적도 있고 정명훈 지휘자와 함께 콘서트도 연주한 적이 있습니다.

독일이나 유럽에서 공부하거나 활동하는 후배 음악가들에게 주시고 싶은 조언이 있다면 무엇입니까?

자신의 실력을 향상시키고 이태리어나 불어, 독일어 등 어학 공부를 해야 하는 것은 기본적인 것이고 그 나라 사람들의 문화 속에 들어가야 한다는 것을 말해 주고 싶습니다. 그들이 한국사람과 다른 것을 추구하는 것을 파악하여 그들에 맞게 표현해 주어야 하지요.

예를 들어서 이태리나 프랑스에서는 노래를 세밀하고 정확하게 하는 것을 좋아하지요. 반면 영국에서는 선이 굵은 음악을 좋아하는 것 같아요. 그리고 독일에서는 한 가지로만 노래하기보다 어둡고 밝게 여러 가지로 표현하는 것을 좋아합니다.

이번에 공연하시는 ≪라보엠≫에 대한 소개를 간단히 해 주시기 바랍니다.

굉장히 가난한 젊은 예술가들의 사랑 이야기입니다. 주인공인 로돌포는 시인이고 그의 세 친구들인 마르첼로는 화가, 쇼나르는 음악가, 코르리네는 철학가입니다. 로돌포의 아리아 〈그대의 찬손〉이 유명하지요.

다음 공연 일정에 대한 소개를 부탁합니다.

이번 10월 24일부터 30일까지 프랑크푸르트 극장에서 ≪라보엠

≫ 공연을 시작하고, 11월부터 12월까지는 스페인 바르셀로나 Liceu 극장에서 베르디의 오페라 ≪일트로바트레≫, 그리고 내년 2월에는 미국 뉴욕 카네기홀에서 자선 음악회, 내년 4월에는 프랑크푸르트 오페라에서 베르디의 오페라 ≪시몬 보카네그라≫와 칠레 Municipal de Santiago 극장에서 마스카니의 오페라 ≪카발레리아 루스티카나≫, 그리고 6월에는 오스트리아 Wiener Staatsoper 에서 푸치니의 오페라 ≪나비부인≫, 그리고 시즌 마지막으로 6월 미국 오레곤 Bachfestival에서 베르디의 ≪진혼곡≫을 끝으로 잠시 휴식을 취합니다.

앞으로의 포부나 계획이 있으시다면 말씀해 주시지요?
저는 아직도 꿈꾸는 것이 있어서 에너지가 넘칩니다. 저의 꿈은 세계 빅 3스타 테너가 되는 것입니다. 그것을 위해 많은 것을 참고 인내하며 노력하면서 살았기에 언젠가는 이루어질 것이라 믿습니다.

꿈꾸시는 대로 한국인 테너로서 마침내 세계 무대의 정상에 이르실 수 있기를 바랍니다. ≪라보엠≫에서의 열연을 기대합니다.

유럽과 미국, 남미 등 세계 15여 개국을 다니며 한국인 테너의 명성을 떨치고 있는 Alfred 김재형. 그는 한 달에 7~8번 비행기로 공연을 다니는 힘들고 불규칙한 생활 가운데서도 항상 에너지가 넘치며 일을 즐기면서 한다고 하였다. 언젠가 세계 빅 3 테너가 되는 꿈이 그의 가슴속에 불타오르고 있기 때문이다. 그는 큰 꿈을 품고 그 꿈을 향해 쉼 없이 전진하고 있는 꿈의 성악가요 오페라 가수였다.

(2009년 10월, 유로저널)

21세기를 여는 비전의 지도자,
이배용 전 이화여대 총장

한국 여성 교육의 요람이 된 이화학당은 1886년 미국 북감리교 선교사였던 스크랜톤(Mary F. Scranton) 부인에 의해 시작되었다. 여성이 대문 밖에서 교육을 받는다는 것 자체를 불경스럽게 여기던 19세기 말, 학생을 모집하러 다녔으나 결국 단 한 명의 학생을 겨우 얻어 시작하였던 이화학당. 지난 123년의 역사 동안 약 17만 명의 졸업생을 배출하였고, 현재 2만 3천여 명의 재학생들이 내일의 꿈을 안고 교육과 연구에 전진하고 있다.

올 2월에 한국을 방문하였던 힐러리 클린턴 미국 국무장관은 바쁜 공식 일정 가운데 특별히 이화여자대학교를 방문하여 2천여 명의 재학생들이 대강당을 가득 채운 가운데 〈여성의 경쟁력 강화〉라는 제목으로 약 한 시간에 걸쳐 강연하였다. 그는 당당하면서도 솔직하게 자신의 삶을 말하여 젊은 여대생들과 그 자리에 참석했던 여성 리더들의 공감대를 얻으며 그들의 마음을 사로잡았다.

이 클린턴 장관에게 명예 이화인의 패를 수여하였던 이화여대 이배용 총장이 지난 7월, 독일의 베를린 자유대학, 훔볼트대학, 괴팅겐 대학, 튀빙엔대학, 프랑크푸르트대학 등을 방문하여 이화여자대학교와 교류 협정을 맺었다. 이 총장은 세계 고등 시민을 키워 내는 글로벌 대학, 지식 순환의 정점에 서기 위한 이화학술원 설립 등 다각적인 발전 전략을 통해 이화여자대학이 세계 100대 명문 대학으로 도약할 것을 선언했다. 오랜 친분이 있던 전 훔볼트대학 마이어 총장 댁을 방문한 이배용 총장을 만나 '이화'의 꿈과 비전을 들어보았다.

　안녕하세요? 만나 뵙게 되어 기쁩니다. 전 훔볼트대학 마이어 총장님과는 어떠한 친분이신지요?

　십 년 전인 1999년에 마이어 전 총장님을 독일에서 뵙게 되었는데 일본과 중국은 많이 다녀보셨는데 아직 한국은 가지 못하였다고 말씀하셔서 제가 그해 11월에 사모님과 함께 두 분을 한국에 초대하였지요. 그때 한국에 오셔서 이화 캠퍼스를 보여 드렸고 창덕궁을 세 시간 동안 돌아보며 자세히 설명을 해 드렸더니 그분들이 "그동안 72개국을 다녀보았지만 한국만큼 자연 친화적이고 인간 친화적인 문화를 본 적이 없다."고 하시며 굉장히 인상이 깊었다고 말씀하셨어요. 특히 서울에 산이 많아 자연 친화적이며 여성 에너지가 느껴진다고 말하였지요.

그 후 2000년 5월에 처음으로 그 당시 동독의 훔볼트대학과 이화여자대학이 교류 협정을 맺었어요. 2001년에는 통일학술대회를 개최하면서 이분을 연사로 초청하였어요. 그때 단풍이 아름다운 11월에 안동서원을 보여 드렸는데 한국의 문화가 죽어 있는 문화가 아니라 살아 있는 문화라고 하면서 감탄하셨지요.

독일을 방문하신 목적이 무엇인지요?

독일 방문은 다섯 번째인데 이번에 방문한 것은 Ewha in Germany를 구축하기 위해 지난 7월 6일부터 11일까지 베를린자유대학, 훔볼트대학, 괴팅겐대학, 튀빙엔대학, 프랑크푸르트대학 등을 방문하였어요. 이화인들이 해외의 대학에 나가서 글로벌 교육을 받고 세계의 지도자들로 성장할 수 있도록 그동안 Ewha in New York, Ewha in London, Ewha in Beijing 등 해외 20개 거점을 확보하였습니다.

해외 거점 센터가 있는 지역이 어디입니까?

지난 2006년 8월에 총장으로 취임하고 나서부터 이화의 교육과 연구의 국제화 역량을 높이기 위해 해외 거점 센터를 구축하려고 방학 때마다 세계의 대학들을 방문하기 위해 뛰어다녔어요.

그동안 뉴욕, 베이징, 보스턴, 런던, 도쿄, 홍콩, 파리, 오세아니아, 하와이, 상하이, 베네룩스, 캘리포니아 등 세계 20개 핵심 지역에 해외 거점 센터를 구축하였어요. 이화인들이 다문화적 소양과 국제적 역량을 가진 세계 고등 시민으로서의 여성 지도자가 될 수 있는 조건을 갖추게 하려는 노력의 일환이지요.

이번 독일 방문의 성과는 어떠합니까?

베를린 자유대학과는 한국학과와의 교류를 지속적으로 활성화하며 확대하기로 하였어요. 그리고 괴팅겐대학에는 그동안 학생 교류가 있었는데 매년 10명으로 확대하는 협정서를 체결하였지요. 그리고 이 괴팅겐대학에 한국학과 설립 협력을 추진하기로 합의하였어요. 튀빙엔대학교에서 교환 협정 조인식을 진행하고 매년 2명의 학생을 교환하기로 체결하였어요. 이 대학은 국내 사무소 설립을 한국국제교류재단과 추진하고 있는데 저희 대학에서 한국사무소 설립을 긍정적으로 검토하고 적극적으로 지원하기로 합의하였지요. 본교에 튀빙엔대학 한국 사무소 추진이 성사될 경우, 튀빙엔에서는 본교를 튀빙엔 거점으로 하여 매년 40여 명의 학생들이 파견되고 본교에서도 40여 명의 학생들이 영어로 진행되는 튀빙엔 유럽학 프로그램으로 파견될 것입니다.

또 프랑크푸르트대학의 Cornelia-Goethe-Centrum 여성학

연구소와는 여성학 분야 등 공동 연구 추진과 공동 포럼 개최 등을 합의하였습니다. 그리고 이번에 하르트문트 코쉭(Hartmut Koschyk) 한독의원친선협회 회장을 만났는데 이분은 경기도 파주 캠퍼스에 세워질 글로벌평화센터의 '평화를 지지하는 세계인'으로 참가할 것을 합의하였지요.

지난 2월, 클린턴 국무장관이 이화여대를 방문하였는데 바쁜 일정 가운데 어떻게 특별히 이화여대를 방문하게 되었는지요?

캐서린 스티븐스 주한미국 대사를 통해 이화여대를 방문하고 싶다고 전해 왔어요. 미국 선교사였던 스크랜톤 부인이 뿌린 교육의 씨가 아시아에서뿐만 아니라 세계 최대의 여자대학으로 성장한 것을 듣고 캐서린 스티븐스 대사는 감격의 눈물을 흘렸어요. 클린턴 국무장관이 아시아 순방 중 한국을 방문할 때 일정에 대해 새로운 아이디어를 구하고 있었을 때 이분이 클린턴 국무장관에게 이화여대를 소개하였지요. 아시아 순방 중 최대 규모의 행사였어요.

클린턴 국무장관에게 명예 이화인 패를 수여하셨는데 그 동기가 무엇입니까?

최초의 미국 민주당 여성 대권주자로서 여성의 정치 참여 역사의 새 장을 열었고 법조인이자 교수, 영부인이자 상원의원, 현재의 국무장관으로서 그동안 다양한 활동을 통해 여성, 아동, 가족의 권익과 인권 수호에 공헌한 점을 높이 평가하여 '명예 이화인' 수여를 하였습니다. 이 '명예 이화인' 수여는 아시아 순방 중 한국을 방문한 클린턴 장관이 이화여대를 찾은 것에 대한 화답이기도 하였지요.

이 상패를 받고 클린턴 국무장관은 자신이 감리교도인 점과 아버지의 고향이 스크랜톤 부인의 고향과 가까운 펜실베니아 스크랜톤 출신인 점, 그리고 자신의 모교인 웰슬리 여대가 이화여대와 자매학교인 점에서 "이화에 와서 이화인이 된 것은 나의 운명인 것 같다"고 말하였어요.

역사학을 전공하셨는데 어떤 특별한 동기가 있으셨는지요?

제가 이화여중 다닐 때 암기를 잘했어요. 역사책에 연도가 자주 나오는데 제가 정확히 암기하고 있는 것을 역사 선생님이 아시고 "너는 역사 선생님이 되면 좋겠다"고 해 주신 격려의 말이 제게 힘이 되었어요. 학생 시절에 선생님의 격려의 한 마디 말이 얼마나 중요한 영향을 끼치는 것인가를 보며 성악가의 길도 있었지만 교육가의 길을 택하였지요.

1985년부터 정교수로 부임하여 지금까지 교육자의 길을 걸어오고 있습니다. 총장이 된 이후로는 강의를 하지 않는데 '총장과 함께하는 역사 문화 체험' 시간을 따로 마련하여 한국에 온 외국인 유학생들과 재학생들과 함께 종묘나 경복궁 등 한국의 문화유산을 돌아보고 배우는 시간을 가지고 있어요. 글로벌 인재로서 경쟁력을 갖추려면 먼저 우리 것에 대한 자긍심을 가져야 한다고 생각합니다.

존경하는 이화의 선배가 있다면 누구입니까?

저는 이화학당을 세운 설립자이신 스크랜톤 부인을 존경합니다. 그 당시 이역만리 먼 땅이었던 한국에 와서 외로움을 극복하고 한 사람 학생을 데리고 교육의 씨를 뿌렸던 그분의 마음은 어떠한 마음이었을까를 생각해 보곤 합니다.

또 우리나라 최초의 여의사였던 박에스더 님은 미국 유학 후에 의사가 되어 돌아와서 1910년대에 당나귀를 타고 안 가는 데가 없이 다니며 아픈 여성들을 치료하였던 헌신적인 의사셨지요. 독립의 열정을 가지고 구국 활동에 힘썼던 유관순 님, 초대 한국인 총장으로 이화의 길을 넓혔던 김활란 박사님도 존경합니다. 그분을 통해 이화캠퍼스가 확장되는 기초가 이루어졌다고 볼 수 있지요.

인생의 좌우명이 있다면 무엇인지요? 후배들이나 제자들에게 조언을 주신다면 어떠한 말씀을 주시겠습니까?

저는 무엇이든지 긍정적으로 바라보고 생각하라고 말합니다. 긍정적으로 생각하면 많은 것이 보이지요. 학생들에게 "너는 할 수 있어."라고 말해 줍니다. 그리고 사랑하는 마음을 가지고 감사하는 마음을 가지도록 말해 줍니다.

저는 "주·전·자."라는 말로 자주 학생들에게 말하는데 '주'는 주체성을 말하고 '전'은 전문성을 말합니다. 실력이 있어야 인정을 받는데 이것이 전문성이지요. '자'는 자신감을 말합니다. 이 자신감에는 겸손한 마음이 있어야 합니다. 마치 주전자에 물을 담듯이 사랑과 겸손과 헌신의 물을 채워서 이 물을 다른 사람들에게 나누어 주어야 합니다.

사랑과 헌신, 개척과 도전 정신을 가진 책임감 있는 사람들이 되어야 합니다. 우리 세대만 생각하는 것이 아니라 항상 다음 세대를 생각하고 나누어 주는 사람들이 되어야 한다고 생각합니다.

앞으로의 비전은 무엇입니까?

'글로벌 이화 2010 프로젝트'를 통해 총 20개 해외 거점 캠퍼스를 구축하였는데 2010년까지 신입생의 60%를 파견하여 국제화 역량을 높이려는 계획입니다. 그리고 통일의 시대, 평화의 시대, 글로벌 시대를 대비하여 현재 경기도 파주 캠퍼스를 건축하고 있어요. 최첨단 교육 인프라를 구축하여 이화의 연구 경쟁력을 강화하는 미래 대학 캠퍼스의 새로운 모델로 자리잡게 될 것입니다. 파주는 군사 분계선인 DMZ에 아주 가까이 있어서 남북통일이 될 경우에 세계 평화의 최전선에 위치하게 되지요. 이곳에 세계의 평화를 위해 글로벌평화센터, 국제기숙사 등을 건축할 계획입니다. 그리고 파주 캠퍼스 조성 사업을 위해 기부한 분들의 이름을 파주 캠퍼스 내 부지 모양의 조형물에 이름을 새기려고 합니다.

독일과 유럽에 살고 있는 이화 졸업생들에게 해 주고 싶은 말씀이 무엇입니까?

미국에서 동창들의 모임은 아주 활발합니다. 제가 미국을 방문하였을 때 약 300명의 동창들이 모였어요. 지난해 파리를 방문하였을 때에는 80대이신 선배님부터 20대 동창까지 약 70명이 한자리에 모였지요. 독일은 한 곳에 모여 사는 것이 아니라 지역적으로 분산되어 떨어져 살고 있어서 만나기가 쉽지는 않겠지만 동창들이 네트워크를 이루고 자주 만나서 후배들과 차세대들을 위해 힘을 모아 나가면 좋겠어요. 많이 바쁘겠지만 자주 모여서 서로 지혜를 나누고 네트워크를 이루어 가면 이것이 살아가는 데 큰 자산이 된다고 생각해요.

오늘날 전세계 대학들의 여학생 비율이 50%를 넘고 각 분야 정상의 자리에 서는 여성들이 크게 늘고 있는데 이화는 '여성'과

'아시아'라는 두 개의 주요 키워드(key word)들을 대표하는 존재로 그 역할과 책임이 더욱 커지고 있지요. 이화인들이 그 역할과 책임을 다하여 세계 문명을 선도하고 대학 문화를 주도하는 초일류 명문 대학으로 도약할 수 있도록 동창들이 힘과 사랑을 모아 줄 것을 부탁드리고 싶어요.

이배용 총장은 2008년 4월부터 한국사립대학총장협의회 회장을 맡아 왔다. 그리고 지난 4월에는 제 15대 국공립대학 및 사립대학 총장협의회인 한국대학교육협의회 회장으로 선출되었다. 내년 4월 7일까지 여성 총장으로는 최초로 대교협 수장을 맡게 된 것이다.

'여성의 세기'라는 21세기의 시대적 요구에 적극 부응하기 위해 지난 2006년 이래 21세기 모든 분야를 앞장서 주도하는 '이니셔티브 이화'라는 기치 아래 세계 속의 명문 대학으로서 지도적 위치를 확보하기 위해 세계의 대학을 방문하며 부단히 뛰고 있는 이 총장에게는 방학이나 휴가가 없다. 후배 사랑, 모교 사랑, 나라 사랑, 세계 평화를 향한 열정으로 가득 찬 이 총장의 비전대로 세계인들이 손에 손을 잡고 경기도 파주 캠퍼스의 통일로를 걸어가는 그날이 오기를 기대하며 비전 넘쳤던 인터뷰를 마쳤다.

(2009년 8월, 유로저널)

위로편지가 되는 삶을 위하여

　책이나 미술, 연극, 영화와 같은 문학 및 문화 예술 작품을 통해 우리는 많은 감동을 받습니다. 또한 역사를 통해 만나는 위인들이나 진리의 길, 혹은 예술의 길을 외롭게 그러나 꿋꿋한 마음으로 걸음으로써 믿음과 사랑의 유산, 정신적인 유산을 남긴 분들로부터 삶의 용기와 지혜를 배웁니다. 또 가까이에는 고난과 시련의 슬픔을 의연하게 대처하고 극복해 나가는 가족 친지, 이웃들이나 친구들, 우리와 같은 시대를 살고 있는 많은 분들을 통해 우리의 고단한 삶에 위로를 받으며 새로운 비전을 얻을 때가 많습니다.

　여덟 살에 수도원에 들어가 열여섯 살에 종신 서원을 한 최초의 여의사이며 약초학자, 예언자였던 힐데가르데스, 오직 믿음으로 구원에 이른다는 확고한 복음 신앙으로 당시 부패한 가톨릭에 대항하여 종교개혁을 이루었던 마틴 루터, 6백만 명의 유대인 대학살을 감행하였던 독일 민족에 대한 회개와 죄의 고백으로 영적 부흥을 이루었던 기독교 마리아 자매회 창설자 바실레아 슐링크 등 독일에 살면서 이러한 위대한 분들의 삶을 듣고 배우면서 많은 감동과 감화를 받았습니다.

주위의 비방이나 방해, 전통이나 종교, 시대의 장애물을 뛰어넘어 진리를 수호하고 인류애를 위해 자신에게 주어진 사명을 이루기 위해 희생하고 헌신한 분들은 수백 년이 흐른 오늘날까지 영향력을 크게 끼치며 우리 가운데 여전히 살아 있습니다. 미국의 화니 크로스비, 18년간 유배 생활 중에도 나라에 대한 사랑, 가족에 대한 사랑으로 500권의 저서를 남겼던 다산 정약용, 고난과 시련 중에도 끝까지 의원의 길을 올곧게 걸었던 허준의 사람의 생명에 대한 사랑, 민족에 대한 사랑의 향기가 오늘날까지 아름답게 우리 가운데 퍼지고 있음을 배웠습니다.

자신의 개인적인 이익이나 영달만을 우선적으로 추구하며 이를 위해 다른 사람들을 이용하거나 시기, 모함하고 고통과 상처를 입히는 사람들은 마치 바람에 날리는 겨와 같이 언젠가는 사라지는 인생입니다. 그에 반해 말할 수 없는 고통과 역경을 삶의 도전의 기회로 삼아 인류 역사에 정신적, 영적인 유산을 남기신 분들은 다른 사람들에게 삶의 용기와 위로를 줍니다.

나의 삶이 다른 사람들에게 위로가 되고 힘이 되는 삶이 된다면 행복하고 의미 있는 삶을 살고 있다고 말할 수 있을 것입니다. 분명한 시대적 사명을 붙들고 사는 삶, 그 사명을 이루기 위해 온갖 어려움과 방해를 극복해 나가고 인내하는 삶, 자신을 희생하여 이웃과 인류를 섬기고 살리는 삶은 많은 사람들에게 위로편지가 되는 삶이 될 것입니다.

이 글을 읽으시는 분들이 이 시대와 더 나아가 수백 년이 지나 후세들에게도 삶의 비전을 심고 용기를 주는 위로편지가 되는 삶을 사시는 데 조금이라도 힘과 격려가 되는 책이 되기를 바랍니다. 오십 중반을 넘는 인생의 길을 걸어온 저에게 그동안 위로편지가 되어주신 가족들과 친구들, 이웃들에게 이 글들과 함께 감사의 마음을 실어 보냅니다.

홀로 감당할 수밖에 없는 고통과 시련이 있을 때마다 십자가의 말할 수 없는 고통과 희생을 겪으시고 부활하심으로 제게 참 삶의 위로와 빛을 보여 주시는 참 위로자 되시는 사랑과 공의의 주님께 모든 감사와 영광을 돌려 드립니다.